Image de couverture de Pixwabay par Stocksnap

Reproduction et traduction même partielles, interdites.
Tous droits réservés.
ISBN : 9782958301125
Dépot légal : décembre 2022

Nouvelles Noires pour Nuits Blanches

par

Olivier MONCEYRON

— Je ne crois pas au diable.

— Et bien vous devriez, car lui croit beaucoup en vous.

      Constantine

Table des matières

Journée noire pour le réseau

À sept heures du matin, quand un appel du central indiqua que l'usine d'incinération avait signalé un paquet suspect, Charles et Henri savaient qu'ils allaient passer une de ces journées qui leur coupaient l'appétit.

Arrivés sur place, ils descendirent de leur Renault 12 de police pour se diriger vers l'accueil de la station de traitement des déchets de la commune. Les camions-bennes de ramassage défilaient en continu pendant que le responsable de l'incinérateur les guidait vers un tapis roulant à l'arrêt, encombré de sacs en plastique et de détritus de toutes sortes.

— C'est ici qu'on l'a trouvé.

Charles suivit du regard l'endroit pointé du doigt par le gérant. La tête d'un os entouré de sa viande dans un état bien avancé dépassait d'un sac éventré. Il écarta délicatement l'ouverture du sac pour en examiner le contenu. Un coup d'œil entendu entre les deux policiers leur confirma qu'il ne s'agissait sûrement pas d'un chien.

Charles s'adressa au directeur des lieux.

— OK, bloquez toute activité sur le site, on fait venir la brigade scientifique. Est-ce que les déchets présents sur ce tapis ont déjà été triés ?

— Non, c'est le début de la ligne. Vous voyez, le dépôt est au bout.

— Très bien, donc, arrêtez-moi si je me trompe, mais on peut s'attendre à ce que les sacs juste devant et juste derrière viennent du même camion, n'est-ce pas ?

— C'est fort probable en effet.

— Merci, ce sera tout pour l'instant, on va laisser travailler les experts.

Une heure plus tard, un bataillon d'hommes en blanc arrivèrent sur les lieux. D'autres en bleu sécurisaient la zone pendant que les techniciens fouillaient méticuleusement les ordures. À quatorze heures, Charles et Henri considéraient qu'ils avaient sauté le repas du midi. De toute façon, l'odeur dans ce hangar fermé était tellement nauséabonde qu'ils n'auraient rien pu avaler. Au moins, tout le monde avait effectué un sacré travail. La police scientifique avait reconstitué le corps. Les morceaux étaient répartis dans quatre sacs en plastique dispersés dans toute l'usine. Le corps au complet était reconstitué sur la bâche d'un brancard. Il avait été découpé puis les différents sacs poubelle avaient été disséminés dans toute la ville. L'idée de l'inspecteur de fouiller les sacs à proximité du premier pour trouver une adresse et limiter les recherches tombait à l'eau.

Un légiste était venu faire les premières constatations et présentait son rapport : « Le travail de découpe est complètement bâclé. Regardez ça. Il a salopé le boulot aux articulations, ça ne peut pas être un professionnel. Par contre, la tête de la victime est en bon état, vous aurez les photos sur votre bureau dans la journée pour l'identification ». Le tronc nu était marbré d'un veinage violacé. Il portait le premier indice de l'enquête sous la forme d'un billet de cent francs belge épinglé par un gros clou qui avait brisé deux côtes. Le billet avait une particularité qui sauta aux yeux d'Henri. Il en sortit un de cinquante francs de son porte-monnaie pour comparer. Ce dernier était complètement chiffonné et déchiré à deux endroits. Le premier comportait exactement deux pliures et un coin avait été roulé. Il était neuf, à part le sang qui en couvrait la plus grande partie. Satisfait de l'hypothèse qu'il avait échafaudé, il décida de la mettre à l'épreuve de son collègue.

— Pourquoi on roule le coin d'un billet de cette manière à ton avis ?

— Parce qu'on s'impatiente dans la file d'attente du charcutier ?

— Ou pour tester le papier. Regarde, il n'a jamais servi, c'est sûr.

— Mh, je ne sais pas. Ça n'a rien d'évident.

Un policier en combinaison blanche les appela à cet instant. Il portait un petit objet long entre ses doigts gantés.

— Tenez, un stylo-plume, trouvé dans les vêtements de la victime.

Henri le fit tourner entre ses doigts et le tendit à son partenaire.

— Charles, regarde, on dirait un article publicitaire.

— Pour « action libertaire Belgique ». Tu parles, ça doit pas courir les rues.

— Mouais, ça peut être une piste. Sortons, j'en peux plus de toute cette barbaque.

Les inspecteurs rentrèrent au commissariat passer quelques coups de fil et taper leur rapport préliminaire. Un détour pour consulter le registre du commerce leur apprit que « Action Libertaire Belgique » était un journal au tirage assez maigre, enregistré au nom de Antoine Van Gluck, mais aucune adresse n'était renseignée. Comme prévu, la machine à écrire avait tout juste cessé de faire cliqueter le rapport du « cadavre des éboueurs » que le commis du légiste venait apporter les photographies de la scène où la victime avait été découverte.

Charles et Henri se mirent aussitôt à compulser différents dossiers. Il se trouvait que la police française disposait de quelques dépositions au nom de Antoine Van Gluck ; principalement à propos de troubles à l'ordre public et incitations à la violence. La comparaison entre la photo du corps retrouvé le matin et celle du dossier ne laissait aucune place au doute sur la correspondance. Quant à « Action Libertaire Belgique », les services de renseignement avaient constitué une documentation très fournie sur cette organisation, couvrant de nombreuses activités, en plus de l'édition d'une feuille de chou. Le nom de « Van Gluck » ressortait également de ces dossiers. Ce monsieur semblait s'investir dans beaucoup de combats politiques. Les policiers savaient qu'ils ne trouveraient pas plus d'informations sur sa mort en restant dans leur bureau. Il fallait sonder la rue pour en apprendre plus. Après tout, les anarchistes, ce n'était pas ce qui manquait.

Au bout de trois heures, leurs pas avaient suivi les indices laissés par les différentes personnes interrogées jusqu'à une librairie spécialisée de la rue Lepic. Henri pénétra le premier dans le commerce. En guise d'entrée en matière, il présenta sa carte de police à un jeune néo-beatnik affublé de vêtements colorés. Son acolyte arriva de l'arrière-boutique à cet instant.

— Bonjour ! Police, nous avons quelques questions à vous poser.

— Pas de problème, allez-y annonça le deuxième qui portait un A cerclé sur une épaule et un tee-shirt au slogan évocateur à propos de dieux et de maîtres.

Les deux libraires ne se montrèrent pas impressionnés. Ils revendiquaient une réputation d'historien de l'anarchisme, et tenaient depuis quelques années cet établissement dont le rouge et le noir dominaient largement les rayons.

Charles en retrait ne put se retenir de penser que cette attitude était celle d'un homme qui avait l'habitude des interrogatoires et qui avait besoin de plus qu'une carte de police pour être déstabilisé. Henri commença son questionnaire.

— Nous cherchons des renseignements sur un journal titré « Action Libertaire Belgique ».
Un des libraires se contenta d'acquiescer de la tête. Henri précisa sa question.

— Vous connaissez ?

— On le distribue ici. C'est un mensuel qu'on écoule à moins de cent exemplaires.

— Vous savez d'où il provient ?

— Ouais, il est tout à fait réglo. C'est imprimé dans un local rue Crémieux entre deux immeubles récemment rénovés.

— Merci, qu'est-ce que vous pouvez me dire sur un certain Antoine Van Gluck ?

— C'est le gars qui a créé le journal. Un Belge. Il dit qu'on est plus actif de ce côté de la frontière alors normal qu'il se soit installé ici pour développer son activité et ses contacts.

— Vous voulez parler de ses activités de manifestations violentes et de rébellion ?

— Ch'ais pas, je parle juste de revendications politiques.

Charles faisait toujours mine de scruter le contenu des rayonnages et suivait attentivement la discussion qui durait depuis quelques minutes. Les deux pseudos-historiens en connaissaient vraiment un rayon dans leur domaine et se montraient désireux de partager leur savoir (et de distribuer la bonne pensée). Contre toute attente, ils répondirent à toutes les questions qui leur étaient posées avec pléthore de détails.

Henri et Charles prirent congé de ces anarchistes étrangement avides de venir en aide à la police. Ils devaient absolument repasser au bureau, formuler leur demande de commission rogatoire pour fouiller l'imprimerie et la soumettre au plus vite au juge d'instruction.

Le lendemain, celui-ci avait signé le document et les inspecteurs se présentaient le papier à la main aux portes du local indiqué par les anarchos-libraires, accompagnés de six policiers en uniforme et d'un serrurier. Après plusieurs appels infructueux, ils firent ouvrir la porte.

Ils entrèrent dans une vaste salle, face à un mur sur lequel était accrochée une gigantesque horloge accolée à un gros voyant rouge. Presque tout l'espace à l'exception d'un bureau en désordre, derrière une paroi vitrée, était occupé par une lourde presse d'imprimerie. Le reste de l'atelier était laissé au chaos. Des piles de cartons renversés, des bidons d'encre et de larges rouleaux de papier côtoyaient une grande découpeuse.

Ils se déployèrent et fouillèrent méthodiquement les lieux. Une avalanche de preuves leur tomba dessus. C'était comme une pêche miraculeuse de fête foraine ou tout le monde remporte son prix. Dans le bureau, une photo montrait la victime posant devant la presse avec un homme qui semblait très enthousiaste. Il restait plusieurs enveloppes en évidence contenant des billets neufs dont l'odeur d'encre ne trompait pas. Au fond du bâtiment gisaient des caisses de chargement et leurs clous, tous identiques à celui qui avait servi de badge à la victime. Un brigadier décela une anomalie de maçonnerie et découvrit un local caché qui hébergeait une radio pirate ainsi que des plaques gravées des faces du billet de cent francs belge.

Et pour finir, le comble pour une association de malfaiteurs anarchistes, les livres de comptes étaient parfaitement tenus avec les noms des receleurs de faux billets et les montants livrés. L'affaire était dans le sac. L'estafette de police repartit avec son chargement de pièces à conviction et le bâtiment fut mis sous scellés. Le soir même, après avoir fêté le coup de filet exceptionnel dans le commissariat, les inspecteurs avaient payé une tournée générale au Balto et racontaient ce qu'ils allaient dire à la presse quand on les interrogerait sur le démantèlement de ce réseau.

Le lendemain, à la première heure. Charles et Henri furent convoqués par le commissaire. Ils ajustèrent leur cravate avant de pénétrer dans le bureau, mais au lieu du visage avenant de leur supérieur, ils le trouvèrent assis dans son fauteuil, visage fermé, le menton soutenu par sa main gauche et les doigts de la droite tapotant nerveusement un dossier à couverture rouge. Deux hommes en complet gris étaient assis, dos à l'entrée, face au commissaire. Aucune parole d'accueil bienveillante ne leur fut servie. Dans le silence, Charles mit un instant avant de refermer la porte dans son dos. Leur officier supérieur finit par lever la tête vers eux et prit la parole, observé par les deux personnes qui lui faisaient face : « Messieurs, je vais devoir gâter votre enthousiasme. La main droite de l'inspecteur s'appuya à plat sur le dossier rouge. Antoine Van Gluck, si c'est son vrai nom (cette annonce fut accompagnée d'un imperceptible coup d'œil à l'homme de gauche assis dans un fauteuil qui n'esquissa pas un mouvement), est un agent infiltré de la répression des fraudes et du grand banditisme. Il travaillait pour ses messieurs sous couverture du ministère de la Justice. En échange de sa peine, il devait marquer les billets pour les aider à remonter toute la filière et avait dû être découvert. L'homme de la photo à côté de lui est le probable chef d'une organisation terroriste avec plusieurs crimes à son actif.

Le seul réseau qui a été démantelé c'est celui de notre infiltration du milieu anarchiste. Tout est à reprendre à zéro. »

Sa vie derrière lui

Jérémy vivait un moment de suspension et de bien-être à peine atténué par une crispation qu'il ressentait dans tout son corps. Il flottait dans un ralenti magique en repensant à cette folle soirée. Ça, pour une surprise, ça avait été une vraie surprise. Éric jurait encore il y a six mois qu'il comptait bien profiter au maximum de tout ce que lui offrait la vie, sans limites. Charlotte, de son côté, imposait il y a peu de temps que rien ne se mette en travers de son doctorat. C'est pour vous dire comme la révélation de leur mariage revenait de loin. De tellement loin qu'elle méritait effectivement une annonce en grande pompe.

Jérémy avait passé une très bonne soirée avec ses amis de longue date. Il avait rencontré quelques connaissances de Charlotte et le courant était bien passé. Le traiteur avait fait des merveilles et les vins étaient enivrants. Ils avaient ri, dansé et chanté comme il y avait bien longtemps. Il espérait qu'une nouvelle occasion de les rassembler se représenterait très vite. Il regrettait juste que sa femme ait dû prendre une garde ce soir-là et n'ait pu être parmi eux. Heureusement, ses parents avaient pu garder leur fille.

Dans un état de plénitude, Jérémy repense à elles, entend les rires de sa femme et les premiers mots de sa fille comme s'ils viennent d'un endroit reculé de sa tête. Il sent la douceur et l'odeur si particulière de sa peau de bébé. Il repense à son propre mariage, au bonheur que ces années lui ont apporté chaque jour et souhaite qu'Éric y goûte autant que lui. Ces moments s'effacent brutalement et il revoit ses camarades de fac devant le panneau d'affichage des résultats des partiels. Éric et lui se sautent dans les bras en lisant leurs noms. Une musique pop typique des années quatre-vingt lui parvient aux oreilles, l'arrache à ses congratulations et le projette à l'époque du lycée dans un bar enfumé où claquent les barres du babyfoot. Jérémy commence à avoir le vertige. En un clin d'œil, il se retrouve à sécher les cours pour rejoindre sa première petite amie derrière le collège. Son parfum l'enivre. Ses lèvres charnues le transportent. C'est un sentiment persistant qui l'apaise beaucoup, presque autant que le réconfort que lui apporte sa mère quand elle le prend dans ses bras pour le rassurer. Il sent un flot d'endorphine l'emporter.

Sa ceinture le serre anormalement. Le repas opulent et le liquide qui ballotte dans son estomac y sont sûrement pour quelque chose. Son sourire béat se transforme en un rictus déformé par la douleur quand sa tête tape contre la vitre de la portière. Ses bras, possédés, bougent à leur guise devant lui, mus par une force qu'il ne contrôle pas.

Au troisième tour sur lui-même dans un temps infini, une branche traverse le pare-brise. L'habitacle entier s'écrase contre un platane qui est là depuis trente-cinq ans. Jérémy est passé devant des dizaines de fois sur cette route qu'il connaît par cœur.

Il fait beau ce jeudi après-midi. Jérémy et tous ses amis sont rassemblés à nouveau comme il le souhaitait. Il est allongé dans sa boîte, entouré de pleurs. Les autres se tiennent debout, têtes basses, devant l'emplacement C213.

Meurtre à domicile

Bertrand était venu constater le décès d'une vieille dame dans un petit pavillon de banlieue, mais, quand il avait vu la victime, ses vingt ans d'expérience en tant que médecin légiste avaient semé un sérieux doute sur la cause de la mort. L'homme qui l'avait appelé pour les constatations se trouvait maintenant dans la pièce d'à côté. Il disait s'appeler Christian et être le fils de la victime. Bertrand avait immédiatement informé la police.

Quand Marie, la lieutenante de police chargée du dossier arriva sur les lieux, le légiste l'attendait dans la cuisine où se trouvait le corps, pendant que Christian, sous le choc de la découverte, accusait le coup dans le salon.

— Salut Bertrand, content de savoir que je peux toujours compter sur toi pour égayer ma journée. Qu'est-ce que tu as pour moi, aujourd'hui ?

— Salut Marie, ne me remercie pas, tout le plaisir est pour moi. J'ai le cadavre d'une femme âgée. Vu la température dans la maison, l'humidité qu'on a en ce moment et la fin de rigidité, je dirais que ça remonte à peu près à trois jours.

— OK, si tu as fini, on va l'emmener.

— Justement, il y a un problème. La couleur de la peau indique une privation d'oxygène. Il n'y a pas de marques de strangulation, mais des traces de sang dans la bouche et le nez. Je pencherais pour une intoxication ; un empoisonnement.

— Un suicide ? interrogea la policière en s'accroupissant près du corps.

— En plein milieu de la cuisine ? J'en doute.

— Je vois. C'est le fils que je vais cuisiner, lâcha Marie sur un ton suspicieux en tournant le regard vers le salon où le il était affalé dans un fauteuil.

Elle se releva, rassembla tout le tact dont elle disposait et se dirigea vers Christian.

— Bonjour monsieur, je vous présente mes sincères condoléances pour le décès de votre mère. Le moment est peut-être mal choisi, mais je dois vous poser quelques questions. Tout d'abord avez-vous une pièce d'identité qui permettrait de confirmer votre lien de parenté avec la victime, s'il vous plaît ?

Christian surpris par cette demande porta lentement la main dans la poche intérieure de sa veste et retira de son portefeuille une carte d'identité qu'il présenta.

— Merci. Marie ouvrit une page de son carnet. Pouvez-vous me dire quand, pour la dernière fois, vous avez vu votre mère ?

— Je passe la voir tous les deux ou trois jours pour savoir si elle a besoin de quelque chose.

— Marie releva la tête. Deux ? Ou trois jours ?

— Trois.

— Excusez-moi, mais je dois vous demander si vous avez déplacé le corps.

— Non. Enfin, si. Quand je suis arrivé, j'ai cru qu'elle était juste inconsciente, j'ai essayé de la ranimer avant de comprendre. Après, je n'ai pas pu m'en approcher. Je ne l'ai pas vraiment déplacé.

— Elle avait des problèmes de santé particuliers ?

— Elle avait quatre-vingt-trois ans.

— Et donc ?

— Donc, arthrite, problèmes de cœur, de tension, diabète, cholestérol, et un petit alzheimer. C'est un peu le lot de tout le monde, non ?

— Sans doute. Vous me suivez s'il vous plaît ? Je voudrais faire le tour de la maison pour trouver ce qu'elle prenait.

— Pourquoi cela ? demanda Christian visiblement inquiet par cet excès d'intérêt.

— Et bien, je suis désolé de vous dire cela, mais c'est la procédure quand le médecin ne peut pas confirmer à cent pour cent que la mort est naturelle. Ne vous inquiétez, pas. Cela veut simplement dire qu'on cherche une origine dans les habitudes de votre mère. Comme vous le disiez, c'était une personne âgée.

Marie sortit une paire de gants en caoutchouc de la petite mallette qu'elle avait apporté et commença l'inspection du domicile. Comme elle s'y attendait, elle trouva dans la cuisine et dans la salle de bain, toute une batterie de médicaments qu'elle mit dans des sachets pour les emporter. Le répertoire du téléphone ne contenait que trois numéros écrits très gros : celui de Christian, celui d'une Germaine et celui d'une Aline. Le fils confirma son propre numéro. Un appel aux deux autres indiqua que Germaine était une voisine et celui d'Aline menait à une agence d'aide à la personne. L'hôtesse qui prit le message fut brièvement désolée d'apprendre le décès d'une de leur cliente, mais refusa de donner la moindre information concernant les employés ou la clientèle par téléphone.

Bertrand avait appelé une ambulance pour emmener le corps. Lui, Marie et les infirmiers quittèrent le domicile en même temps, laissant Christian seul. Dès son arrivée à la morgue, Bertrand renseigna le formulaire de déclaration de décès. Il remplit dans la foulée le rapport des constatations indiquant ses doutes sur la naturalité de la mort et la nécessité de pratiquer, au minimum, une analyse sérologique pour les lever. De son côté, Marie décida de rester sur place et de rendre visite à la voisine, Germaine. Cette dernière semblait avoir pas loin du même âge que la victime, ce qui mettait deux générations entre elle et Marie. Elle prit la nouvelle avec le stoïcisme que lui imposait son expérience de ce type de situation, mélangée à la crainte de voir l'étau se resserrer autour d'elle. Une fois passé le choc de cette annonce, les paroles d'usage furent échangées entre les deux femmes avant d'aborder les questions qui étaient le véritable motif de la visite de l'officier de police. D'après Germaine, sa voisine passait son temps à râler après tout et tout le monde et c'était sans doute pour cela qu'elle n'avait plus de visite depuis longtemps à part, elle-même, son fils, et la fille de l'assistance aux personnes âgées, mais cette dernière ne comptait pas, c'était son métier.

Le lendemain, Bertrand appela Marie.

— J'ai du nouveau, la mort n'est pas accidentelle, enfin pas complètement, je veux dire que c'est un accident, mais…

— Arrête de tourner autour du pot, je ne comprends rien.

— C'est un empoisonnement, mais pas aux médicaments. C'est de la mort-aux-rats qui l'a tué et elle l'a probablement avalée elle-même.

— Tu le fais exprès ? Tu ne veux pas essayer d'être plus clair ?

— Après les résultats de l'examen de sang, j'ai analysé tous les médicaments qu'on a retrouvés chez la vieille. Il y avait un flacon de gélules pour le foie. C'est habituel en compensation de certains autres produits qu'elle prenait. J'ai retrouvé de la mort-aux-rats dedans. Je ne parle pas de trace comme une erreur de production du laboratoire. Le produit d'origine avait été complètement remplacé sur toutes les gélules du flacon. Quelqu'un a forcément substitué le contenu volontairement.

— Alors, on a un meurtre…

Marie descendit vérifier les scellés. Elle y trouva ce qu'elle cherchait. Les gardiens de la paix qui l'avaient accompagné avaient bien fait leur boulot. L'un d'eux avait trouvé un paquet de mort-aux-rats dans le cabanon du jardin et l'avait ramené quand il avait entendu le légiste parler d'empoisonnement. Elle fit envoyer un échantillon au légiste pour réaliser une comparaison des deux produits. Maintenant que son cerveau avait basculé en mode enquêtrice, un autre point lui semblait suspect. Dans le courrier du meuble de l'entrée, elle avait trouvé un relevé bancaire au nom de la victime. Celui-ci faisait état d'un compte bien fourni avec des retraits, une à deux fois par semaine, de plusieurs centaines d'euros.

Le procureur de la République avait reçu le rapport à charge de Bertrand agrémenté des éléments que Marie avait en sa possession pour caractériser un homicide. Il avait suivi leurs recommandations et ouvert les vannes de l'enquête : juge d'instruction, perquisition complète, interrogatoire des suspects et des témoins et tout le branle-bas.

Le lendemain matin à la première heure, munie des directives du procureur, Marie décida de rendre visite à l'entreprise qui fournissait le personnel d'aide à la personne mis en place par la mairie. Aline était une jeune femme de vingt ans qui travaillait pour eux depuis moins d'un an. Son employeur n'avait rien à redire sur son compte et n'avait eu aucun reproche de ses clients. Son rôle chez la victime consistait à livrer un repas tous les midis et à faire le ménage deux fois par semaine. La directrice accepta à contrecœur que Marie interroge les collègues d'Aline. Elle lui indiqua que la majorité de son personnel était chez des clients et qu'il n'y avait ici que quelques bureaux administratifs. Naturellement, ce n'était pas elle qui allait pouvoir la renseigner sur les petites habitudes de ses employés. Marie se dirigea donc vers l'accueil. L'homme et la femme qui étaient là pour prendre leurs plannings ne connaissaient pas beaucoup Aline. Ils lui apprirent que ceux et celles qui la connaissaient se rendaient régulièrement chez Jihan, un kebab du centre-ville, le midi pour dépenser leur prime de panier-repas. Au moment où elle quitta l'entreprise, son smartphone indiquait onze heures trente et il y avait au moins une semaine qu'elle n'avait pas festoyé d'un kebab. Elle se dirigea donc vers ce fameux restaurant et commanda. Elle n'eut pas longtemps à attendre avant de voir arriver la première camionnette au logo de la société de services. Quand elle jugea que les deux filles et le gars étaient au complet, elle prit son plateau d'une main et s'approcha de leur table. Elle commença par présenter sa carte professionnelle pour couper toute objection à son intrusion.

— Messieurs-Dames, bonjour. Je souhaiterais vous poser quelques questions au sujet d'une enquête. Ce ne sera pas long. Puis-je m'asseoir avec vous quelques minutes, ou préférez-vous que je vous convoque au commissariat pour une audition en règle ?

Elle ne récolta que trois paires d'yeux écarquillés et un « euuuuh » qu'elle prit pour un accord. Elle posa son plateau et retourna chercher son blouson qu'elle installa sur le dos de la chaise. Lentement pour faire trainer la situation et imposer sa présence.

— Je ne connaissais pas ce restaurant, ce n'est pas mon quartier, mais je reconnais que c'est un bon choix, dit-elle avec un regard appuyé vers son plateau.

Marie avait marqué une pause et sorti son carnet et un stylo à côté de son plateau. Le jeune homme l'interrogea le premier.

— Est-ce qu'on a des problèmes ?

— Non. Ne vous inquiétez pas, ça ne vous concerne pas directement et ça n'est sûrement rien de grave. Juste quelques vérifications. Connaissez-vous Aline ?

— Oui, on déjeune régulièrement avec elle. Il nous arrive de faire équipe pour certaines missions pour lesquelles ils envoient plusieurs personnes. C'est elle qui a des problèmes ? répondit le jeune homme.

— Non. Elle parle des fois de sa vie ? De choses personnelles ?

Sur le chemin du retour vers le commissariat, Marie réfléchissait aux éléments de son enquête. Elle disposait, pour le moment, de deux suspects et d'un mobile. Au kebab, la discussion avait fini par se détendre et elle avait appris qu'Aline fréquentait un type depuis quelques mois. Un Antoine toujours entre deux boulots, qui vivait plus ou moins à ses crochets d'après ce que les jeunes avaient pu comprendre. Il était temps d'éplucher le passé du fils de la victime, pour vérifier si le mobile de l'argent ne l'aurait pas décidé à anticiper son héritage.

Installée derrière son bureau, elle interrogea tous les fichiers à sa disposition, jusqu'aux contraventions. Le fils avait un travail stable, pas de casier, pas d'impayé, rien ; si ce n'est que sa femme avait perdu son emploi en début d'année et pointait au chômage. Malgré tout, les relevés bancaires de la famille indiquaient que leur train de vie n'avait pas changé et les comptes flirtaient avec le rouge. La victime quant à elle avait peu de sources de distraction, et le compte en banque bien rempli d'une retraitée peu dépensière.

Il était temps pour Marie d'avoir un entretien privé avec ses deux suspects. Elle convoqua d'abord Aline, en qualité de témoin. Elle la questionna sur ses habitudes, ses fréquentations et peignit le portrait d'une jeune femme absolument ordinaire. Rien de compromettant. Le seul élément subversif venait de son copain, fiché pour possession et consommation de cannabis et squat d'un immeuble désaffecté avec une association de lutte contre les biens inoccupés. Aline sortit du commissariat une heure et demie après y être entrée. Puis ce fut au tour de Christian de se retrouver dans son bureau. Elle lui avait posé les questions classiques puis en était venue brutalement, pour le déstabiliser, à ce qui l'intriguait.

— Permettez-moi de vous dire que vous semblez peu affecté par le décès de votre mère.

— Vous parlez de la femme qui me reprochait chaque fois qu'elle en avait l'occasion de ne pas être mort à la place de mon frère, dans cet accident de voiture ? Alors, pardonnez-moi de ne pas me montrer émotif.

— Je vois. Nous avons la preuve que votre mère est morte empoisonnée par de la mort-aux-rats. Nous en avons retrouvé un paquet chez elle.

— Vous pensez qu'elle s'est suicidée ?

— Vous pensez qu'on va trouver vos empreintes sur ce paquet ?

— Et quoi ? Je suis le suspect dans cette histoire ? Qui croyez-vous qui les posait, les pièges à rats ?

— Monsieur, il est 17 h 34, je vous informe que vous êtes en garde à vue à partir de cet instant.

Elle savait qu'elle ne pourrait pas le garder très longtemps, mais elle avait besoin qu'il ne soit pas en liberté jusqu'à la perquisition autorisée par le procureur, pour ne pas dissimuler d'éventuelles traces de son crime, chez lui ou chez sa mère. Dans la journée, Marie reçut les informations qu'elle avait demandées à la brigade financière. Antoine déposait régulièrement du liquide sur son compte, qu'il transférait sur celui de son frère à la Martinique. Les convictions de Marie se réorientèrent instantanément dans cette direction. Trois heures plus tard, dans la même salle qu'Aline, Antoine racontait à Marie qu'il avait monté un business loin d'ici, pour quitter ce coin avec Aline. Son frère, Benjamin, avait lancé son affaire d'hébergement de touristes à la Martinique et il devait s'associer à lui. Il prétendait qu'Aline lui disait que l'argent venait de ses économies et il n'avait pas posé de questions.

Les jours suivants, une recherche auprès des banques de la ville dont les distributeurs étaient utilisés par le compte de la victime montrait clairement le visage d'Aline au moment des retraits.

Christian fut immédiatement relâché. Antoine obtint le bénéfice du doute et ne fut condamné qu'à rembourser l'argent volé. Aline finit par avouer comment, par amour, elle avait imaginé le vol puis l'empoisonnement de la victime, quand celle-ci commença à la soupçonner. Elle fut condamnée à une lourde peine de prison pour vol sur personne vulnérable et meurtre avec préméditation.

0,1 % d'incertitude

Ils se sont trompés, et nous l'avons su trop tard. Finalement, ça vaut peut-être mieux pour tout le monde. On se demande lesquels sont les plus chanceux entre ceux qui sont partis dans les premiers jours et ceux qui ont survécu.

Dimanche 21 mars 2021, 2001-FO32 aurait dû passer à « environ » deux millions de kilomètres de la terre, soit « environ » cinq fois la distance Terre-Lune et aurait du être un joli spectacle pour les amateurs équipés d'une bonne lunette. Les calculs étaient exacts avec un indice de confiance de 99,9 %. Finalement, il nous est tombé sur le coin du nez. Aujourd'hui, nous avons tous besoin de lunettes de protection pour distinguer à cinquante mètres devant nous sans que le brouillard perpétuel soulevé par la collision nous brûle les yeux.

Pensez donc, cent vingt-quatre mille kilomètres par heure et une trajectoire qui se dessine depuis la nuit des temps jusqu'à cet instant précis où la Terre stoppe sa course. J'ai déjà lu des essais sur le sujet, à savoir s'il est raisonnable pour les scientifiques d'annoncer la fin du monde, s'ils en ont connaissance avec certitude. La réponse est non, évidemment. Il ne sert à rien de répandre la terreur. Une telle annonce créerait une vague de chaos sans précédent. Cela n'aiderait pas ceux qui n'ont aucune probabilité de survivre, de passer leurs derniers instants dans une panique complète. D'autre part, déclencher une désorganisation totale au niveau planétaire desservirait les intérêts des puissants qui disposent de toute une logistique pour rejoindre discrètement leurs bunkers sécurisés. Pourtant, je suis persuadé que cette fois, ils se sont vautrés dans leurs calculs. 0,1 % de marge d'erreur. Qu'est-ce que cela signifie quand on parle d'un objet né aux confins de l'univers et du temps ? N'est-ce pas présomptueux de prétendre connaître la destinée d'un tel objet, phénoménal pour nous, mais qui ne reste qu'une poussière à l'échelle cosmique ? 0,1 % d'incertitude et les deux millions de kilomètres se sont transformés en collision. Notre seule chance a été que la rencontre a eu lieu avec un angle tangentiel assez important pour détruire le projectile sans anéantir la terre. Un choc frontal nous aurait été fatal.

Au moment de l'impact, FO32 a écrasé purement et simplement la population à trois cents kilomètres à la ronde et a sublimé instantanément tout être vivant dans un rayon de mille deux cents kilomètres. Il est tombé en Suisse. Le pays a été rasé de la carte ; la neutralité ne semble pas être une valeur cosmique. Le sol a craqué, torturé de soubresauts. Un vent d'une puissance inimaginable a couché tous les édifices et tous les arbres sur son chemin. La boule de feu a tout réduit en cendre. Le Jura et les Alpes se sont effondrés et les lacs ont été vaporisés. Les neiges de toute l'Europe ont disparu en quelques jours sous une chaleur suffocante. J'étais dans un centre sous terrain quand c'est arrivé ; pour une opération de maintenance dans une grande salle de serveurs. Pour le moment, je ne dirais pas que c'est une chance. Je n'ai jamais revu ma femme ni ma fille. Notre maison avait disparu. Tout ce que je possédais se trouvait sur moi. Le ciel s'est obscurci durablement avec une perte de luminosité de près de quarante pour cent, signant la nullité des récoltes hors serres pour plusieurs années. C'est déjà dramatique, mais les larmes me montent aux yeux quand je repense au pire. Quatre-vingt-dix-sept des cent vingt-six réacteurs nucléaires européens ont été balayés, rendant le continent impropre au dévelop-pement de la vie pour les prochains milliers d'années. Les vents ont balayé les poussières radioactives à travers tout le globe. Je ne sais pas ce qu'il adviendra de la race humaine dans les décennies ou les siècles à venir si elle survit. Nul doute qu'elle subira de profonds changements.

Du jour au lendemain, les hommes sont deve-nus moins que des rats, errant dans les rues. Ceux qui n'ont pas été directement touchés par la chute de l'astéroïde ont été submergés par le vent de panique de l'exode qui a déferlé jusqu'aux pays les plus éloignés de l'impact. Dans les premiers temps, les survivants n'ont pas pris garde aux morts, négligeant de faire disparaître leurs carcasses, trop occupés à préserver leurs maigres possessions des pilleurs. Dès la première semaine, la cohabitation avec les mouches est devenue impossible. J'ai essayé de me calfeutrer tandis qu'elles s'infiltraient par le moindre interstice. Ce qui était une malédiction, au début, finit par se transformer en une aubaine, car nous avons vite appris à les récolter en grand nombre pour les assembler sous forme de steaks reconstitués que nous faisons griller. Au printemps, enfin, lors de ce qui aurait dû être un printemps, les grenouilles ont surpeuplé les dernières mares putrides et ont profité de cette manne pour proliférer sans retenue. Le bouclier de poussières au-dessus de nous et les vapeurs de neige fondue qui ne peuvent s'échapper ont rendu notre atmosphère brûlante et humide. D'après ce que j'ai constaté, d'anciennes maladies oubliées se développent à nouveau. Les pluies acides incessantes entreprennent de détruire la végétation qui se bat comme nous pour subsister de rien. Certains jours, l'eau nous brûle la peau si on ne peut trouver un abri pendant les pluies.

Deux semaines après l'accident astronomique, j'ai observé une meute de loups chasser un petit groupe des personnes désorganisées, aux abords des décombres d'une ville qui leur servait de refuge. Jamais ils ne se seraient permis une telle bravade s'ils n'avaient pas compris que la domination des hommes a vacillé. La catastrophe a créé une proximité inhabituelle et brutale entre deux mondes et a réveillé une rivalité à laquelle la bête semble mieux adaptée. Pour certains, la prise de conscience a été violente. Ils ont compris qu'à l'état sauvage, le terrien du vingt et unième siècle est une proie. Le Néandertal en nous a complètement disparu. Sans électricité ni machines, il ne domine pas son environnement. Je sais pour l'avoir constaté qu'une vague de suicides a écrémé les rangs de ce qui restait d'êtres humains. Quelques-uns parmi nous n'ont pas eu la force de se battre. Ils ne savent plus pourquoi ils doivent affronter chaque jour qui passe. Ils ne poursuivent aucun but et se posent les mêmes questions le lendemain. Comment vont-ils manger ? Où vont-ils dormir ?

Si je ne me trompe pas, ce que certains appellent ironiquement « le reboot de l'humanité » ou « la septième extinction de masse » a eu lieu, il y a tout juste un an. Bon anniversaire à l'homme new-age. L'hiver de l'impact théorisé par des scientifiques d'avant et par crainte d'une sorte d'hiver nucléaire s'est bel et bien installé. Les températures moyennes ont baissé de vingt degrés. J'ai quitté Bayonne. L'Adour a gelé. D'après ce que prétendent ceux qui descendent, c'est toute la calotte glaciaire qui commence à s'étendre jusqu'ici. La chaîne alimentaire terrestre était brisée. La pêche était devenue notre principale source de subsistance. Des groupes de plus en plus importants se rassemblent sur les bords de mer, créant des conflits pour le partage des maigres ressources. Ce qui reste des grandes cités tombe aux mains de bandes organisées qui s'affrontent librement. Je ne crois pas avoir ma place parmi les premiers et encore moins au sein des seconds.

J'ai trouvé un chien. À moins que ce soit lui qui m'ait trouvé, peu importe. On forme une bonne équipe. La nuit, je peux dormir sur mes deux oreilles, lui ne dort que d'un œil. Le jour, c'est à lui que je parle. Cela m'évite de me demander si je vais devenir fou à me parler à moi-même. Je vais probablement devoir continuer à me déplacer vers le sud. Au début, les survivants ont attendu une aide humanitaire. Parlons-en, tiens, de l'aide humanitaire. On peut la réduire à ce dicton qui n'a jamais été plus vrai qu'aujourd'hui : « aide-toi et le ciel t'aidera ». Aucun pays n'a été épargné par les dommages directs ou collatéraux de l'impact. Ceux qui n'ont pas été touchés par la collision l'ont été par les vagues d'immigration à gérer en plus de la crise économique que cela a déclenchée. Ces situations fragilisent même les états les plus solides. En l'occurrence, il n'existe plus aucune structure étatique ni même associative d'aucune sorte pour recevoir et organiser les premières assistances. Ceux qui parviennent à affréter un avion sont contraints à des vols à basse altitude, dangereux à cause des vents violents. Quand les cargaisons arrivent, sous forme de matériel et de nourriture, j'ai entendu dire qu'elles sont pillées sur place, et deviennent la propriété du gang local. Une anomie générale s'est installé, abolissant toutes les frontières, celles entre les pays aussi bien que celles entre les hommes. Comme on dit : « chassez le naturel, il revient au galop ». L'humain a tout oublié, tout désappris. Par facilité et manque d'espoir, il s'est replié sur ses plus bas instincts.

C'est quand j'observe ce nouveau monde que je me demande, encore aujourd'hui, qui sont les plus chanceux entre ceux qui sont partis dans les premières heures, sans voir tout cela, et ceux, comme moi, qui sont restés. Il a fallu ce cataclysme pour que nous nous rendions compte, trop tard, que nous faisons partie d'un tout, que nous appartenons à ce tout, et non pas l'inverse. La chute de cet astéroïde a déclenché une réaction en chaîne incontrôlable. La baisse de la lumière engendre la baisse de la photosynthèse. Elle tue les arbres, les récoltes, mais aussi le phytoplancton, responsable de cinquante pour cent de la création d'oxygène et premier maillon de la chaîne alimentaire aquatique. Les océans se dépeuplent. Le CO_2 grimpe en flèche et le soleil qui était le moteur de la planète devient un ennemi mortel. Toutes les créatures spécialisées dans leurs modes de vie disparaissent les premières, à commencer par les grands carnivores et les grands herbivores. Nous, on a réappris à connaître les champignons, les racines et les petits organismes qui nous rebutaient après l'ère industrielle. Je vous aurais certainement traité de fou, l'année dernière si vous m'aviez dit que je pourrais saliver à la simple vue d'une belle larve de charançon.

C'est déroutant, car le cataclysme que j'ai vécu s'est déroulé comme une série de télé-réalité dans certaines villas isolées en dehors du temps, dans un recoin de la planète qui semble artificiellement maintenu à l'écart de tout problème. J'aurais aimé que FO32 fauche quelques satellites dans sa course, mais cela n'a pas été le cas et les réseaux « sociaux » ont été très actifs, au moins au début pour ce que j'en sais. Les voyeurs commentent, jugent, prédisent l'avenir. Certains ont même pris des paris. Enfin, c'est ce que j'ai pu constater quand il y avait assez de lumière pour que je recharge mon appareil avec le petit panneau solaire de guirlande électrique que j'ai récupéré.

Aujourd'hui, j'ai faim. J'ai de plus en plus de mal à trouver à manger et je sais pertinemment que je dois minimiser les prises de risques. Au début, je me déplaçais beaucoup, sans point fixe. Mais quand je découvre un abri sûr, je fais tout pour le conserver un moment. La sédentarité est rassurante, tant que la nourriture est à portée de main. Si vous devez dépenser plus d'énergie que vous en gagnez, pour glaner de quoi manger, vous hésitez à vous déplacer. Sans compter qu'il n'y a plus aucun soin médical et que mes connaissances en la matière avoisinent zéro. Le chien avait pris l'habitude de partir de plus en plus souvent et de plus en plus longtemps depuis que nous avons du mal à nous nourrir tous les deux. Il avait la peau sur les os. Cela fait maintenant une semaine que je ne l'ai pas revu. J'ai eu beaucoup de peine. Maintenant, je n'ai vraiment plus rien à perdre. Il m'a aidé à me faire une raison sur mon propre avenir. Il y a vingt mille ans, dans les mêmes conditions, l'espérance de vie était de trente-cinq ans. J'en ai quarante-sept. Autant dire que je suis plutôt chanceux d'avoir tenu jusque là.

Parfois, je croise des nomades et je me risque à aller à leur rencontre. Au point où j'en suis, j'ai plus à gagner qu'à perdre. Ils m'ont appris que l'Australie qui était une terre sauvage et hostile est maintenant perçue comme le nouveau paradis terrestre. D'après eux, loin à l'est, le chaos laisse, peu à peu, place à une anarchie dynamique et une autogestion équitable. Un jeune enthousiaste a parlé d'un nouvel ordre mondial égalitaire et participatif. Sur toute terre brûlée, une fleur réussit à éclore si on lui laisse sa chance. J'ai décidé de les rejoindre, si j'en ai la force. Il se passe de nouvelles choses, là-bas, qu'on n'a pas encore essayées et peut-être qu'à la fin, je me dirai que les plus heureux sont ceux qui ont vécu cette expérience et vu le renouveau d'une humanité de pleine conscience.

Comme je ne sais pas ce qui restera de moi, j'écris ces notes pour témoigner de mon époque. Peut-être, quelqu'un les trouvera, plus tard, et se demandera comment tout cela a été possible. Lorsqu'un ordre nouveau sera en place, le cas FO32 sera sûrement étudié par ceux qui ne voudront pas reproduire les erreurs du passé. Malgré tout, je ne peux m'empêcher de me représenter un type d'humain qui aura encore plus à perdre que son prédécesseur. Il se jugera plus fort, car il aura survécu au pire. Il se croira immortel et à l'abri de tous ces problèmes, présumant contrôler parfaitement son environnement. J'imagine, dans ce futur lointain, un professeur dans une salle de classe. Il explique à des enfants tous différents, certains difformes, ce qui est arrivé à l'humanité. Il en parle comme on a enseigné à ma génération les anecdotes sur les ravages du Vésuve ou du Krakatoa. J'espère qu'ils auront appris.

Desmond repose délicatement les feuilles de papier jaunies dans leur boite à température et hygrométrie contrôlées. Le silence est absolu dans la salle de conférence. Il retire sa paire de gants et la dépose dans une poubelle que son assistant emporte directement à la salle d'incinération.

— Voilà, les enfants, c'est la fin du journal que nous a laissé le fondateur de notre communauté. C'est à la fois un avertissement et une inspiration. C'est pourquoi nous devons perpétuer sa mémoire. Rendons hommage à son courage et à sa persévérance. Pour achever votre parcours de découverte, nous allons tous ensemble planter des arbres dans la bordure du désert de la désolation.

Un meurtre ordinaire, une nuit comme les autres.

Il fait noir, froid, et il est tard, mais Roger cède à un appel urgent qui le pousse à sortir de chez lui. Il roule une petite heure avec une appréhension mélangée à l'impatience habituelle qui l'accompagne chaque fois qu'il agit dans ces conditions. À cette heure tardive, il n'a aucune difficulté à se déplacer sur les lieux. Pas besoin d'entrer les coordonnées dans le GPS, il connaît le chemin pour s'y rendre.

Roger s'arrête sur une voie de dégagement au bord de la route. Il sort de sa voiture et s'appuie contre la carrosserie. Il tire son paquet de cigarettes de sa poche intérieure et le porte devant sa bouche pour en extraire une du bout des lèvres. Il l'allume dans la froide humidité de la nuit et écoute le silence. Quand son téléphone sonne, il sait que la pause est bientôt terminée. Le lieutenant de police se présente rapidement. Une ancienne habitude, ou alors c'est pour donner un côté officiel à son appel, mais son smartphone l'a déjà informé du nom de son interlocuteur. Il écoute sans l'interrompre l'officier s'excuser de le joindre à cette heure aussi tardive puis celui-ci lui indique le motif de son appel. Roger lui répond calmement : « Oui, pas de problème, ne vous en faites pas. Le temps de me préparer et j'arrive. Je pense être sur place dans moins d'une heure. »

Roger raccroche et regarde l'heure sur son téléphone avant de le glisser dans la poche arrière de son jean, l'écran orienté vers lui. Une précaution habituelle qu'il prend pour éviter d'éventuels chocs. Il tire sur sa cigarette et lève la tête vers le ciel pour scruter les étoiles. Il n'en connaît aucune, mais les trouve apaisantes. Au bout de quelques minutes, il se dirige vers l'arrière de sa voiture et soulève la porte de coffre pour s'assurer qu'il a bien tout son matériel. Il réorganise machinalement ce qu'il contient : une mallette épaisse et rigide, un sac en plastique épais, sa trousse à outils, au cas où, et le kit de sécurité de la voiture avec le triangle et le gilet jaune. Quand tout lui paraît satisfaisant, il claque le hayon et se remet au volant.

Une fois sur place, il se gare derrière une des deux voitures de police stationnées devant l'entrée d'un pavillon, gyrophares éteints. Roger remarque des ombres derrière les vitres des voisins, qu'il imagine plus curieux qu'inquiets. À tous les coups, la moitié, au moins, se demande en ce moment avec qui ils vont partager cette info, parmi leurs groupes d'amis numériques. Ils pensent tenir le scoop du mois. Certains espèrent prendre une photo vaguement sensationnelle, pour laquelle la légende indiquera tout ce que l'image ne montre pas. Roger sort sa valisette de sa voiture ainsi qu'un sachet en plastique transparent et fermé et s'approche de l'entrée gardée par un brigadier. Il lui présente une carte professionnelle et le salue distraitement, l'esprit déjà absorbé par ce qui l'attend. L'homme en uniforme s'écarte en lui rendant son salut et Roger pénètre dans le domicile.

À l'intérieur, des pleurs viennent de la gauche. Une femme et une fillette sont sous la garde bienveillante d'une policière qui tente diplomatiquement de ne pas les laisser sombrer dans l'horreur et leur interdit de quitter le canapé. De l'autre côté du couloir, dans la cuisine, des hommes en combinaisons blanches à capuches effectuent des relevés en partageant la frustration d'un sentiment d'échec. Ils disposent des petits trépieds avec des numéros et prennent des photos des moindres détails qui leur paraissent suspectes. Roger, toujours dans la petite entrée, pose sa valisette à ses pieds. Il déchire son sachet en plastique pour en sortir sa propre combinaison stérile, qu'il enfile par-dessus ses vêtements, et une paire de surchaussures bleues qu'il place sur ses chaussures en cuir parfaitement cirées. D'après ce qu'il a eu le temps de voir, la victime, et sa famille, avaient un niveau de vie très confortable. Quelques minutes seulement après son arrivée, il se retrouve penché au-dessus du père de famille sans vie, étendu au sol. Il complète sa tenue avec une paire de gants en latex pour ne laisser aucune trace et être certain de préserver la scène de crime. Le corps porte une simple entaille au cou, d'une précision chirurgicale, qui a tranché la jugulaire et la carotide. La mort est arrivée quelques minutes après le coup. La victime a à peine eu le temps de se débattre. Le torchon de cuisine qui a servi à limiter les effusions de sang est toujours à côté du corps, complètement imbibé dans une mare rouge et poisseuse. Dans l'autre pièce, les pleurs étouffés ne cessent pas, mais il ne s'en préoccupe pas. La mère a été violée, mais n'a pas pu distinguer son agresseur. Son état de choc est compréhensible. Sa fille était attachée dans sa chambre. Au moins, elle n'a rien et n'a pas été témoin de la scène. Certains cambrioleurs ont tout de même des valeurs.

Les premières fois, ça a été difficile de résister à l'envie de les faire taire pendant qu'il officiait. Maintenant, il y est plus ou moins habitué, mais il préfère se limiter à des constatations rapides sur place et finir le travail dans « sa cave » comme il l'appelle. Il repère la trace de l'alliance à l'annulaire gauche, nu, de l'homme, ainsi que le manque de poils au poignet dû au port d'une montre trop grosse et trop lourde, puis vérifie que le mort du jour n'a pas de résidu de peau ou de cheveux sous les ongles. On ne sait jamais.

Quand il se penche à nouveau au-dessus du corps, il remarque une bouteille d'eau en verre à proximité des yeux grands ouverts de la victime qui lui procure un léger frisson. Pas qu'il soit très ému de ce qu'il voit, mais cela lui rappelle à quel point il n'aime pas les noyers comme la semaine dernière. Sur celui d'aujourd'hui, au moins, il peut s'exprimer convenablement et opérer comme il faut. Il déroule un sac en plastique épais, noir avec une fermeture éclair solide pour y mettre son prochain sujet d'étude aux vêtements rougis par les litres de sang qu'ils ont épongé. Il est absorbé par le contrôle de ses gestes minutieux quand la porte de la pièce s'ouvre. Roger relève la tête, par réflexe, pour voir apparaître dans la lumière, un homme à l'air taciturne et à la moue évocatrice.

— Comme vous le voyez, je suis dans votre affaire jusqu'au coude, inspecteur, lâche le légiste qui tente de prendre une attitude neutre.

— Très bien, vous me donnerez vos premières conclusions avant de partir. La scientifique m'a déjà dit qu'ils n'avaient aucune empreinte, aucune trace et la femme est encore sous le choc et n'a fait qu'une description approximative de l'assassin. Il a même mis un préservatif. On dirait que la scène de crime a été particulièrement soignée, comme pour les trois autres cas similaires.

— C'est ce qui me semble oui, l'homme a été bâillonné. Il n'y a pas eu de lutte et le corps n'a pas l'air d'avoir été déplacé.

En rebaissant la tête sur son affaire, Roger remarque la cagoule noire percée de trois trous et le scalpel qui dépassent de sa mallette. Une négligence impardonnable qui a dû se produire quand il en a sorti le grand sac mortuaire.

Trip

Je veux dire, le tout premier, celui du saut dans l'inconnu, celui où les portes du monde s'ouvrent devant vous. C'est incomparable à toutes les autres expériences sensorielles d'une personne clean.

Un monde comme vous ne l'avez jamais vu, plein de couleurs chatoyantes. C'est regrettable, mais les voyages suivants ne l'égaleront jamais. Ils vous emporteront parfois aussi loin, parfois plus vite, mais jamais avec la même intensité, celle de la découverte, celle pour laquelle tous nos sens sont attentifs aux moindres détails.

Le tout premier trip commence bien avant la montée. Votre cœur accélère déjà lorsque vous regardez le morceau de papier dans le creux de votre main. Vous prenez votre temps pour observer chaque détail du petit dessin. Sans doute un smiley ou un coeur ; parfois un animal mignon. La musique et les lumières autour de vous s'estompent un instant en arrière-plan de votre contemplation et vous le glissez sous votre langue.

Vous vous remettez à danser et au bout d'une heure, quand vous pensez à autre chose, vous les voyez se dessiner. Les auras des danseurs autour de vous com-mencent à se détacher de leurs corps. Les personnes bougent lentement comme pour mieux profiter de l'instant, elles se mêlent dans des gestes saccadés et auréolés. Votre vision se limite à quelques mètres autour de vous et vous sentez un cocon vous entourer. Vos sens se brouillent. Vous goûtez avec vos yeux les cristaux étincelants qui se forment sur les peaux trans-pirantes. Vous vibrez au rythme de l'univers pendant un temps infini. Vous prenez conscience de votre corps parmi d'autres. Vous le distinguez de haut en train de s'agiter. Il vous semble presque pouvoir toucher Dieu du doigt.

On court toujours après ce premier voyage. Pour s'en approcher, on augmente les doses et les bad trips commencent. On s'impatiente en attendant la montée qu'on sait un peu décevante par avance. Les lumières dansantes et bienveillantes deviennent agres-sives. Les regards percent votre âme, vous vous sentez vulnérable, vous n'êtes plus Dieu, vous êtes complète-ment à la merci des autres, le temps ralentit, vous vous sentez entravé plus que libéré, et le pire reste à venir. La descente qui arrive parfois des heures infinies après la montée est une mise en abyme vertigineuse pendant laquelle vous vous débattez. Vous avez peur de vous noyer dans votre salive qui coule à flots dans votre bouche. Vous espérez vainement passer le cap, mais l'émerveillement et les fous rires ne viennent pas. Il vous reste la nostalgie, le doute et la frustration. C'est là que les plus forts s'en tireront à bon compte.

Respire !

Tiré d'une histoire vraie

HHHHHHH   hhhhhhhhhe…

Où suis-je ? Ai-je vraiment respiré ? De l'air ?
Pourquoi fait-il si noir ? Et pourquoi ai-je si froid ?

Ça tourne, autour de moi. Je serre mes paupières pour m'aider à me concentrer sur le vide qui m'entoure. C'est inutile, je crois, je sais, que mon corps est immobile, mais c'est un réflexe ; et ça s'arrête.

Là, je bouge. Alors, pourquoi je ne ressens rien ? C'est comme si j'étais suspendue dans le néant sans avoir conscience de mon propre corps. Je dois rêver.

Des lumières saccadées de toutes les couleurs s'impriment violemment à l'intérieur de mes paupières closes, puis cessent brutalement. L'instant d'après, les ténèbres sont percées par deux points, jaune clair ;

pâles au début, puis très brillants. Ils approchent très vite, grossissent, m'aveuglent. Je crois que je tourne la tête pour les éviter. Ils sont face à moi et explosent dans mes rétines. Tout se remet à tournoyer. Mon esprit est secoué dans tous les sens.

Mes sens ? Je n'entends rien, dans ce chaos éblouissant et silencieux. La seule odeur, ténue, que je peux décrypter, provient certainement d'un détergeant récemment utilisé qui masque tout le reste. Je me raccroche à elle, la première sensation familière. Je suis vivant. Il y a aussi ce froid qui m'enveloppe. J'ai l'impression d'être paralysé. Et puis ce souffle. Je ne l'ai pas remarqué tout de suite. On dirait qu'il me revient dans la figure à chaque expiration ; comme si une personne respirait en miroir en face de moi.

À nouveau, mon cerveau s'ébranle. Les lumières réapparaissent, intenses. Un vertige me prend à la gorge et me donne la nausée. Je sers le volant. Quel volant ? Pourtant, je sens l'arceau contre les paumes de mes mains crispées. C'est impossible. Incompréhensible. Encore une fois, les deux points jaune pâle surgissent au fond de l'obscurité et s'approchent très vite. Je me prépare. Une contraction involontaire. Un bruit assourdissant tend tous les muscles de mon corps, je crois, puis tout se remet à bouger dans un vacarme infernal. Je réussis à ouvrir les yeux. La route glisse sous le toit de la voiture. Le volant m'a enfoncé la cage thoracique, profondément. La douleur est insupportable, tout s'éteint.

Je n'ai plus mal. En fait, je ne ressens rien, mais je me rappelle maintenant. Il y avait une voiture en face. Je n'ai pas pu l'éviter. Alors ? Suis-je mort ? Suis-je là pour réfléchir aux conséquences de mes actes, avant que quelqu'un décide si je vais monter ou descendre ? Ça ne peut pas se passer comme ça. Il devrait y avoir des gens avec des robes blanches qui respirent la sérénité autour de moi, ou peut-être un personnage parfaitement divin brandissant une balance viendra peser mon cœur ? Ils ne peuvent pas me laisser comme ça.

J'attends. J'ai toujours aussi froid. Une peur panique s'empare de moi, incontrôlable. Quelque chose ne tourne pas rond. Je ne suis pas mort. Alors quoi ? Si je vis, comment en être sûr ?
J'appelle.
Rien.
Je crie.
Rien.
Le son de ma propre voix ne me parvient pas ; à peine une modification dans le souffle de ma respiration. Je suis terrifié. Mon esprit frôle dangereusement la folie. Pourquoi me fait-on cela ? J'essaie de me débattre. D'un seul coup, mes pensées se focalisent sur un son, mat, court, mais bien réel. Le premier que

j'entends. Et là, c'est quoi ? Quelque chose me chatouille de chaque côté du visage, délicatement, tout près de mes yeux d'abord, puis qui roule doucement jusqu'à la base de mes oreilles. Je suis allongé. C'est ça, allongé et surtout, vivant. Je me concentre à nouveau de toutes mes forces et je distingue encore ce bruit. Toc. En même temps qu'une sensation nouvelle. Une résistance sur mon pied gauche. Il y a quelque chose au bout. C'est moi qui provoque ce bruit dessus. Toc. Toc. Toc. Le temps n'existe plus. Je répète le signal, encore et encore. Je me raccroche à ce bruit pour garder mon esprit avec moi, qu'il ne dérive pas dans les limbes de la folie.

Lumière.

Une lumière criarde d'abord, éblouissante, étourdissante. Ensuite des éclats vaporeux de lumière crue. Combien de temps mes yeux sont restés fermés ?

Je vois.

Un plafond d'inox en face de moi, juste à quelques centimètres. Il défile devant moi et l'espace s'agrandit. Toute une perspective de portes métalliques forme un horizon.

J'entends.

« WOW, WOW, c'est quoi ça ? Qu'est-ce que c'est que ce bordel ? T'es vivant toi ? Putain, mais comment c'est possible ? Chef ! CHEF ! on a un problème avec le 22B, la rupture de la colonne et fractures multiples, il n'est pas mort. »

Il est là l'homme, barbu en blouse blanche. Pas celui que j'attendais. Il se penche au-dessus de moi. Il n'a rien de divin avec ses cheveux clairsemés et ses lunettes.

« Ne vous inquiétez pas, tout va s'arranger, on va prendre soin de vous maintenant. »

Je suis vivant.

Image floue

Antoine. Je m'appelle Antoine dans ce pays. C'est ce que je crois. Ma vie a été bien remplie. J'ai été parachuté à différents endroits du monde qu'il m'est encore interdit d'évoquer. Le genre de coin dont on parle au journal télévisé à propos d'un renversement de gouvernement ou d'un coup d'État.

Je suis athlétique, avec un physique plutôt avantageux. Pas un beau gosse sur papier glacé, mais un homme dans la force de l'âge, brun, la chevelure légèrement bouclée, la barbe clairsemée et les yeux sombres. C'est un avantage pour ce que j'ai à faire et pour me fondre dans une population. Intellectuellement, j'ai certaines facilités. Au lycée, j'ai appris aisément l'anglais, l'allemand et l'espagnol. Par la suite, j'ai assimilé les bases du swahili, et de l'éwé, mais aussi de l'albanais et du serbe. C'est pendant ma première année de fac que j'ai vu un reportage sur le service action. Sur un coup de tête, je me suis présenté pour passer les tests d'incorporation. J'ai intégré le parcours de recrutement. Un cursus d'enseignement en langue et anthropologie sociale, en parallèle d'une formation militaire complète et poussée. J'ai été entraîné à m'imprégner rapidement d'une légende pour être projeté dans des exercices en situation. Je m'appelle aussi bien Tidiane, Christopher ou Loran suivant les périodes de ma vie.

Le soleil et les vents chargés de sable et de sel ont buriné et bruni ma peau. Mes missions ont affûté ma vision des choses. Je sais décoder le langage du corps que l'esprit ne contrôle pas, pour détecter les signes d'acceptation ou de danger venant de ceux à qui j'ai affaire. Je suis une anguille insaisissable, un guépard prêt à bondir, toujours sur le qui-vive. J'ai mis en place des gouvernements provisoires, j'ai mené des chefs de guerre au pouvoir. Je les ai tenus entre mes mains.

Ils ne savent pas ce que cela représente. Ils disent « c'est le travail qui est comme ça », mais ils ne se rendent pas compte de ce que c'est d'être là-bas, seul, à nager en eau trouble sans jamais pouvoir se relâcher. Je change fréquemment d'hôtel, je n'ai pas de routine, je n'ai aucune habitude, aucune amitié que je ne suis obligé de trahir un jour, aucune relation honnête. Je ne sais plus ce qu'est la sincérité. Je ne connais plus que la suspicion et la manipulation. Je réfléchis toujours avec trois coups d'avance. Dans mon métier, on ne parle jamais d'erreur : tout au plus de dommage collatéral nécessaire.

Quand on frappa à la porte de ma chambre, mon corps se raidit par réflexe. Elle entra, habillée d'un simple tee-shirt au nom de l'hôtel et d'un pantalon noir pour tout uniforme et lança un « bonjour monsieur ». Neutre et professionnelle, autant qu'elle le pouvait, mais sans échapper à mon analyse. Très jolie. Trop. Classique. Une présence qui aurait pu faire baisser la garde d'un homme moins aguerri que moi. Elle cachait bien son jeu, mais elle travaillait forcément pour eux. Si elle était là, c'est qu'ils avaient des doutes et que ma couverture était sans doute démasquée. Donc j'étais en danger. Je m'attendais à ce qu'ils fouillent la chambre en mon absence. Pourquoi à un moment où j'étais là ? Ils avaient déjà dû l'inspecter et ne rien trouver. C'était moi qui les intéressais.

Elle circula dans la pièce, remettant des choses en ordre. Son regard ne put s'empêcher de parcourir toute la chambre. Je mis mes chaussures et lui annonçai que je devais sortir. Elle acquiesça sans étonnement, ce qui me dérouta un instant. Elle n'était sans doute pas seule. En cas de fuite, je ne pouvais me permettre de la laisser derrière moi. Trop dangereux. Je traversai la petite pièce pour attraper un blouson dont je n'avais pas besoin, sur une chaise, et quand je me retrouvai dans son dos, je bondis sur elle. Je pesai de tout mon poids sur son corps délicat et je lui passai une clé avec mon avant-bras sur sa trachée. Je la maîtrisai en un éclair, sans un bruit. La surprise fut totale. Elle tenta bien de se débattre, mais ma prise était bien verrouillée. Cela ne mit que quelques instants avant qu'elle étouffe en silence. J'étendis le corps derrière le lit pour retarder sa découverte si quelqu'un entrait depuis la porte, puis je rassemblai mes affaires. Le tout ne prit pas plus de deux minutes. Un entraînement de tous les jours, un conditionnement à l'action. Sortir par la fenêtre en plein jour risquait beaucoup trop d'attirer l'attention sur moi depuis la rue. Le couloir et le hall étaient dangereux, mais plus propices à une sortie anonyme. Casquette sur la tête, neuf millimètres à la ceinture, dissimulé dans mon dos, je jetai mon sac sur mes épaules et traversai le couloir. Pas d'ascenseur, les escaliers. J'avais pris soin de louer une chambre au premier, toujours. Assez haut pour avoir une vue large, assez bas pour sauter, si besoin. Dans le petit hall, il n'y avait qu'une personne dans un fauteuil, absorbée par son journal. Je ne voyais pas son visage. Comme par hasard. Le verre devant lui était encore plein. Comme par hasard. Je fis un signe au standardiste derrière son comptoir, comme chaque fois, quand je quittais l'hôtel. Je crus un moment que tout se déroulerait sans accroc, mais un type essaya de bloquer le tourniquet. Au moment où je voulais partir, il s'engagea de son côté pour entrer. Pressé. Je le vis ouvrir la bouche pour protester au moment où j'allais retenir le portillon tournant pour me faufiler. Trop tard. J'attendis. Il sortit et ce fut à cet instant que la situation se compliqua. Un coup rapide et sec de la paume de la main sous le menton, un crochet du gauche au foie et je le repoussai dans le tourniquet qui nous emmena à l'extérieur. Dehors, je me débarrassai rapidement de leur agent et me mis à courir. Je dus les prendre par surprise, car ils n'avaient pas réussi à me suivre.

Lorsqu'un touriste a de sérieux soucis à l'étranger, il peut toujours aller à l'ambassade. Dans mon cas, à part quelques personnes informées, nul ne savait ni qui j'étais ni où j'étais. Je dus contacter le service pour leur dire que l'opération était compromise.

Ils n'en revenaient pas que j'aie réussi à déjouer une tentative de contre-espionnage. Je fus rapatrié. Naturellement, ils ne purent jamais confirmer mon débriefing avec leurs observations sur le terrain. C'est souvent le cas lorsque tout se déroule en sous-main. Ma couverture étant grillée, ils me conseillèrent de rester discret un moment et m'installèrent dans une planque isolée. J'étais accompagné de deux autres agents, pour ma sécurité, au cas où ils remonteraient jusqu'à moi. Quand l'affaire s'est tassée et que je leur ai raconté toute l'histoire, j'ai été retiré du circuit. Mis à la retraite.

Jérôme, c'est le nom qu'il a utilisé pour se présenter, s'avance vers moi d'un pas décidé, comme à son habitude. C'est toujours lui qui vient. Il paraît que j'ai besoin d'habitudes, de cadres et de structures. Jérôme se penche face à moi sans me regarder directe-ment. Sa voix grave est posée, monocorde et directive.

Son regard fuyant en dit beaucoup plus qu'il ne le laisse paraître.

« Allé, Antoine, c'est l'heure. Arrête d'embêter cette pauvre dame avec tes histoires. »

Il replace ma jambe qui a glissé du fauteuil et attrape les poignées derrière ma tête pour me diriger vers un endroit hostile où ils me conditionnent à être quelqu'un d'autre. Quelqu'un de passif, de neutralisé, mais jusque là, je tiens bon.

Réécrire l'histoire

Inspiré d'une histoire vraie

— Allo, monsieur Hanna ?

— Lui-même, qui le demande ?

— Frieda Tchacos-Nussberger.

— Bonjour madame, je n'étais pas sûr de vous entendre à nouveau.

— Et bien, j'ai repensé à votre proposition. C'est d'accord pour le rendez-vous.

— Aux conditions dont nous avons parlé lors de notre dernière conversation ?

— Tout à fait

— Parfait, dans ce cas, je vous dis à bientôt, madame. J'ai hâte de vous rencontrer.

— Moi de même, monsieur Hanna.

Tu parles que c'est d'accord. Vingt ans que je te cours après, je ne vais pas laisser passer ma chance aujourd'hui.

Le 3 avril 2000, Frieda Tchacos-Nussberger est en avance d'un bon quart d'heure. Cela fait des années qu'elle est marchande d'art. Elle sait que ce ne sera pas à son avantage dans une négociation. Elle a déjà eu entre les mains de nombreuses pièces de collection, mais cette fois c'est bien plus. Elle a tourné plus d'une demi-heure autour de la Citibank quand elle s'assoit dans le hall. Lui est en retard. Elle essaie de se détendre pour ne pas laisser paraître son impatience. Quand un homme typé égyptien entre, elle le regarde attentivement. Barbe de trois jours, chemise en lin blanche, manches retroussées aux coudes et pantalon large, couleur sable. Un cliché. Sans doute, passe-partout d'où il vient, mais ici, il dénote. En tout cas, ce n'est pas l'idée qu'elle se faisait du bijoutier qu'elle doit rencontrer. Il cherche quelque chose, ou quelqu'un des yeux, puis s'avance vers un guichet. Il sort une feuille de papier pliée d'une de ses nombreuses poches et la fait glisser sous la vitre. Frida se lève et se dirige vers lui. Quand il la remarque s'approcher rapidement, elle lui tend la main pour ne laisser aucun doute sur ses intentions.

— Monsieur Hanna, je suppose ?

— Tout à fait. Et vous êtes madame Tchacos-Nussberger, j'imagine.

— Exactement, acquiesce-t-elle avec un sourire crispé et furtif.

L'homme derrière le guichet les interrompt.

— Monsieur, le formulaire est en ordre, veuillez me suivre s'il vous plaît.

Hanna esquisse un geste poli et précède Frieda à la suite du chargé d'accueil qui les confie à un banquier. Celui-ci les salue et insère une clé dans le montant de l'ascenseur pour ouvrir les portes. Il les invite à entrer et pénètre à son tour dans la cage. Les portes se ferment puis une autre clé est introduite dans le boitier intérieur pour commander la descente. Aucun mot n'est échangé. Le banquier discret regarde devant lui comme s'il était seul. La marchande d'art et le bijoutier échangent un bref regard. Au niveau inférieur, l'ascenseur s'ouvre sur un couloir de quelques mètres qui fait face à une lourde porte blindée. Leur guide se tourne sur la droite et glisse le formulaire de consultation à travers la fente horizontale d'une vitre de plusieurs centimètres d'épaisseur. Derrière, un gardien armé observe le document, puis scrute les deux inconnus. Quand tout lui paraît normal, il sort de son bocal par une porte, elle aussi blindée. Face au sas gris qui protège de nombreux trésors, l'agent de sécurité et le banquier insèrent chacun une clé dans le mur et déverrouillent la porte du coffre avant d'actionner une grosse roue apposée en son centre.

Une fois la lourde porte ouverte, le banquier s'écarte et incite l'égyptien à entrer d'un geste de la main.

— Voilà, monsieur Hanna. Prenez le temps que vous voulez. Quand vous désirerez remonter, vous n'aurez qu'à appeler le gardien. Je vous laisse.

— Merci beaucoup.

Frieda observe la cérémonie trop longue pour elle. Elle brûle d'impatience de le découvrir et a beaucoup de peine à cacher sa nervosité.

Assabil Hanna entre le premier.

— Enfin seuls. Je suis enchanté de faire votre connaissance.

— Je n'ai pas pu me résoudre à laisser passer cette occasion de le contempler.

— Je m'en doutais. Je n'étais pas sûr, mais j'espérais que cela piquerait suffisamment votre intérêt. Nous cherchons le coffre 718.

— 718... l'affaire n'est pas conclue pour autant. Pour le moment, c'est de la curiosité.

— Ha ! Le voilà. Votre curiosité va bientôt être satisfaite.

Hanna sort une clé de sa poche et déverrouille une trappe. Une fois ouverte, il tire un lourd tiroir fermé, plat et long qu'il pose sur une table métallique fixée au sol. Hormis cette table et des murs plaqués de métal et parsemés de petits numéros, cette salle est vide et donne l'impression de résonner, même quand on y parle à voix basse. Hanna bascule le couvercle de la boite délicatement. Les yeux de Frieda s'écarquillent au fur et à mesure qu'il révèle son contenu. Une joie impossible à décrire l'envahit et les battements de son cœur accélèrent. Elle voudrait le toucher. Poser ses mains là où des personnes si illustres l'ont tenu serait déjà une telle épreuve qu'elle ne sait pas si elle ne serait pas submergée par l'émotion. En même temps, elle se rend compte qu'elle a beaucoup fantasmé ce moment et que la réalité est encore une fois loin de ce qu'elle imaginait. Elle a peut-être fondé trop d'espoir sur cet instant. Il est certes magique et imprégné de passion et d'histoire, mais l'objet de sa convoitise a eu du mal à lutter contre le temps.

Frieda est face à l'Histoire, face à dix-huit siècles de christianisme remis en question. Frieda a la possibilité, si on ne lui a pas menti, de réécrire cette Histoire en y ajoutant son nom à côté de celui de Jésus de Nazareth. Rien de moins. Sa main moite tremble. Elle sort de sa poche, une paire de gants en latex qu'elle enfile et une paire de pinces en acier chirurgical. Elle soulève délicatement ce qui était un rouleau de parchemin et le pose sur la table. De nombreux fragments se détachent et retombent au fond du tiroir. Elle tire d'un geste hésitant le nœud encore présent autour de l'ensemble et déroule le premier feuillet. Le titre apparaît en copte ancien et ses lèvres murmurent les mots : « évangélium Judas ». Ses yeux se brouillent de buée. Hanna la regarde attentivement.

— Alors ?

— Il tombe en poussière ! Ça fait combien de temps qu'il est là ?

— Un peu plus de seize ans. Il n'intéressait personne.

— Personne pour trois millions et pour une pièce volée, c'est sûr ! Combien aujourd'hui ?

Frieda lâche cette remarque, sans relever la tête, d'un ton acerbe qui trahit sa déception et l'éventualité de passer à côté d'une révolution par négligence. Elle ressent l'urgence de la situation.

— Trois cent mille.

— Je le prends.

Dans sa tête, Frieda imagine déjà le long parcours qui l'attend. Pour l'instant, ce qu'elle détient n'existe pas aux yeux du monde et il n'existera pas réellement, tant qu'il ne sera pas authentifié et validé par la communauté scientifique. Elle passe des appels téléphoniques à de nombreuses personnes. Certaines semblent vaguement intéressées, sans plus. Malgré l'importance que l'entreprise a pour elle, personne ne partage son engouement.

La plupart des archéologues et autres linguistes ne veulent pas se compromettre dans une expertise aussi délicate ni dans une tentative de falsification de la religion chrétienne. Ils n'ont effectivement aucun intérêt à travailler sur ce document dont l'analyse ne peut avoir qu'une seule issue raisonnable : le parchemin est un faux. Dans ce cas, leur nom est au mieux attaché à une perte de temps évidente. Au pire, il est associé à une tentative de manipulation. Si par hasard, l'analyse conclut que le parchemin est authentique, alors ce sont toutes les foudres de l'église qui s'abattront sur eux et ils risquent d'être mis au ban de leur profession pour s'être fourvoyés dans des conclusions hâtives.

Frida finit par vaincre la frilosité de quelques spécialistes qui acceptent de jeter un œil à son parchemin. Après des mois de tractations, elle se décide à apporter le manuscrit à l'université de Yale. Le collège d'experts qu'elle réunit confirme la première et rapide analyse de Stephen Emmel qui l'avait eu entre les mains en 1983. Le codex comprend une partie de l'évangile de Judas ainsi que deux autres textes déjà connus. Un article discret est publié sur le sujet. Là encore, aucune onde de choc ne lui fait écho. Frieda bout intérieurement. Elle sent qu'elle est à deux doigts de quelque chose d'important, mais sa destinée lui échappe. Elle a engagé une grosse somme d'argent dans cette quête et malgré sa passion, se résigne finalement à le remettre en vente. Une authentification officielle, de l'époque, et du contexte fait toujours défaut à ce document et aucun acquéreur ne se présente.

Désespérée, elle finit par le ramener chez elle à Genève et commence à ressentir une profonde attirance pour le manuscrit. Elle développe une obsession à son encontre et imagine qu'il n'est pas arrivé par hasard entre ses mains, mais que c'est le long chemin du destin qui l'y a conduit, guidé par la volonté d'un homme qui l'avait choisie : « Judas ». Elle décide de le garder, de redonner vie au texte frappé d'hérésie par l'évêque Irénée de Lyon au deuxième siècle, et de réhabiliter l'apôtre.

Elle comprend qu'il faut reprendre la démarche à son début pour donner au document une validité incontestable. C'est-à-dire le faire à nouveau authentifier par de nouveaux experts, pour lever toutes les questions et accusations qui ne manqueront pas de surgir quand la nouvelle de son existence se répandra. Pour cela, Frieda a besoin d'argent, elle ne peut pas, seule, financer toute l'affaire. Pourtant, elle n'est pas prête à partager « l'invention » de cette relique avec un mécène sorti de nulle part qui s'attribuera tout le mérite. Elle contacte la National Géographic Society qui se montre attentive à ses arguments et décide de subventionner une partie du projet. La National Géographic Society bénéficie de ses propres contacts ; ce qui facilite l'introduction du parchemin dans le milieu scientifique. Petit à petit, grâce aux connexions de la NGS, une équipe est mise en place et des crédits affluent. La restauration est confiée à Florence Darbre qui se jette aussitôt dans un puzzle de milliers de fragments, écrits recto verso, pour reconstituer le texte. Un échantillon du parchemin est sacrifié au nom de la science pour une datation au carbone 14. Une expédition archéologique est même organisée pour remonter la trace du manuscrit en Égypte. Le moindre aspect de la relique est confié à l'analyse des plus grands spécialistes de différents domaines, parchemin, encre, écriture, langue. Frieda se sent écartée de son projet qu'elle ne peut suivre qu'à distance. Elle est tenue au courant de toutes les avancées pas à pas, mais elle n'est plus, au centre de l'activité. Le manuscrit est entre d'autres mains que les siennes.

En Égypte, les enquêteurs se frottent à une grosse entrave de la police qui ne voit pas d'un bon œil les questions posées sur des pièces archéologiques par des étrangers. D'autant qu'ils ne peuvent attester de la nature de ce document qui a été volé des dizaines d'années plus tôt par un antiquaire sans scrupule. Ils se heurtent également aux menaces de gangs de pilleurs embarrassés par leurs interrogations. Ils se dirigent donc vers la bibliothèque Nag Hammadi qui contient un autre exemplaire de la Première Apocalypse de Jacques, incluse dans ce que tout le monde nomme déjà « le codex Tchacos ». La ressemblance est frappante. L'un et l'autre pourraient se substituer sans qu'on voie le subterfuge. Pourtant, le nombre de personnes capables de créer un faux aussi parfait se compte sur les doigts d'une main, et il se trouve qu'elles font toutes partie des experts chargés de l'authentification. À leur retour, les expertises sur pièce ont rendu leurs verdicts. Le traducteur et l'historien des religions confirment la forte ressemblance, avec le texte décrit par l'évêque Irénée en 180. Ils ont même du mal à trouver des différences. Mieux que cela, les deux exemplaires connus sont partiels, mais leurs fragments se complètent pour donner une vision presque exhaustive du message. Le linguiste confirme que la langue utilisée est commune à d'autres textes datés du troisième siècle. Pour finir, le radiocarbone enfonce le clou avec une probabilité de 95,4 % pour une datation entre 220 et 340.

Frieda et toute l'équipe prennent conscience de manière indiscutable qu'ils ont bien entre les mains un évangile apocryphe que personne n'a lu depuis dix-huit siècles, et pas n'importe lequel, l'évangile de Judas. Une bombe dont le christianisme naissant a immédiatement voulu se débarrasser, déjà assez encombré par les juifs. Irénée a fait d'eux des traîtres cupides pour marquer son indépendance envers cette religion fondatrice qui a inventé le monothéisme. Il a choisi quatre évangiles canoniques parmi les plus lus à la population pour en faire le socle immuable de la vérité de son église. Il a pris soin de sélectionner ceux dans lesquels l'image de Judas est en accord avec sa vision et ceux qui présentent le Dieu unique et démiurge à adorer, pour devancer les gnostiques plus philosophes.

Dès le début de la traduction, Frieda est subjuguée par le texte. Elle qui se sent investie d'une mission intime envers Judas est bouleversée. Le texte dresse le portrait d'un homme qui a été le complice de Jésus. Celui qui l'a averti qu'il souffrirait pour leur cause. Sa charge a été de sacrifier l'enveloppe charnelle, pour libérer l'esprit du Christ par un acte d'obéissance et d'adoration contre sa volonté.

Les publications s'enchaînent, mais loin du pavé dans la mare, les échos se perdent sous une chape de plomb qui entoure la découverte. La levée de boucliers scientifique, à laquelle Frieda s'attendait, n'a pas lieu. À la place, c'est à un mutisme contagieux et à une réfutation farouche et religieuse qu'elle doit faire face. Des mois plus tard, des lectures interprétées par un éclairage moins favorable au progressisme rendent le texte plus supportable par l'église. De toute façon, un apocryphe restera à jamais un apocryphe. Frieda a oublié une chose essentielle : celui qui croit est au-delà de toute considération rationnelle, car finalement sa volonté est plus forte que celle de son Dieu. À travers le prisme de la littérature, le document devient un texte philosophique plus que religieux.

La rédemption de Judas qu'elle espérait n'a pas lieu. La réconciliation religieuse non plus. Le manuscrit rejoint un musée, dans une salle proche de celle concernant les anomalies archéologiques qui ressemble à une foire aux monstres attirant des foules de conspirationnistes. L'évangile de Judas a le sort de ces objets propres à remettre en cause, avec force, des théories partagées par tous, sans avoir le pouvoir d'en substituer de nouvelles. Il attend sous une plaque de verre, l'heure où un esprit plus éclairé se posera sur lui.

Homo Climaticus

Hubert Gransky s'était fait une belle renommée dans la petite sphère scientifique des spécialistes de la biochimie hypothétique. Ces quelques personnes dans le monde avec un haut niveau de connaissances et de recherches concrètes et théoriques explorent le champ de l'apparition et du développement de la vie en milieux inconnus. Ils projettent leurs esprits dans des mondes spéculatifs et imaginent comment la vie peut s'y développer. Pourtant, certains avaient appris à leurs dépens que rien n'est définitif. Quelques-uns avaient perdu toute crédibilité pour avoir publié des hypothèses réformistes sur l'évolution d'homo sapiens. Le collège scientifique réfutait systématiquement les voix discordantes au profit d'un discours moralement acceptable, fût-il incomplet ou falsifié pour couper court à toutes questions gênantes. La version officielle et partagée publiquement se devait d'offrir un tout cohérent, sans aucune place aux suppositions et sans aspérités auxquelles s'accrochaient les révisionnistes et complotistes de tous poils. Les plus extrémistes de ces chercheurs élaboraient des hypothèses environnementales qui aboutissaient à une évolution vers de nouveaux types de vie. Ceux-là étaient rangés dans la catégorie des auteurs de science-fiction, voués uniquement au divertissement et n'en sortaient plus.

Ce carcan malsain était pénible pour Hubert qui avait toujours préféré voyager hors des sentiers battus. Il avait quitté assez jeune la branche de la biologie appliquée pour la recherche fondamentale en biologie prospective. Il avait décidé de remettre en question les causes du vivant et de démontrer qu'une évolution biochimique pouvait exister dans des conditions inconcevables pour le commun des mortels. Il faut savoir qu'on trouve, sur Terre, une centaine d'acides aminés et que seuls vingt-deux sont codés dans le génome du vivant de notre planète. Tout ce qui vit, de l'axolotl, dont le brin d'ADN est six fois plus long que le nôtre et qui a le pouvoir de régénérer des organes ou des membres détruits jusqu'au ver parasite de la mante qui prend le contrôle de son système nerveux et la pousse à se noyer pour être expulsé et se développer dans l'eau, en passant par l'homme, tout est basé sur ces vingt-deux acides aminés. Les possibilités offertes par les combinaisons des soixante-dix-huit autres donnaient le vertige quand on essayait d'imaginer à quoi pourraient ressembler des créatures qui les utiliseraient.

Ses « amis » s'étaient écartés de lui au fil du temps et ses sources de crédits ministériels menaçaient d'être supprimées tous les deux mois. Ses derniers soutiens dans le milieu lui avaient tourné le dos quand il avait accepté un poste du côté obscur, dans le privé.

Un homme en costume strict, rasé de près avec une coupe sans un cheveu qui dépassait l'avait abordé à la sortie du travail, avec un dossier épais comme ça portant une étiquette à son nom. Il lui avait passé un sacré paquet de pommade, et dans le sens du poil, d'un ton neutre, comme s'il récitait une leçon, ou plutôt un verdict au tribunal. L'homme avait retracé le CV du biologiste, lui avait dit toute son admiration et sans lui laisser le temps d'en placer une, lui avait déclaré qu'il allait changer sa vie pour que lui, puisse changer le monde. Rien que ça.

— Monsieur Gransky, je vous parle d'un accès à tout ce dont vous rêvez pour l'aboutissement de vos recherches, un budget intarissable et des moyens technologiques de dernière génération pour expérimenter les applications de vos théories.

— Et par quel miracle comptez-vous trouver ces millions d'euros qui sont hors de portée d'un État ? Je ne crois pas aux miracles.

— Vous devriez, car mon employeur est un philanthrope qui croit en vous. Vous n'êtes pas le seul à imaginer le futur, monsieur Gransky. Il y a des hommes, comme vous, qui ont les capacités de le changer et d'autres, comme lui, qui en ont les moyens. Il pense que ce serait criminel de ne pas les faire collaborer.

— Ben voyons. Où est le piège ?

— Ce n'est pas un piège, mais il y a quelques contreparties. Mon employeur est très porté sur la protection des données et toutes vos découvertes seront soumises au secret le plus absolu. Du moins tant qu'elles n'auront pas abouti. Vos recherches nous appartiendront et vous ne direz jamais pour qui vous travaillez ou pour qui vous croyez travailler. Vous ne parlerez pas de votre activité à quiconque. D'autre part, toute piste de recherche devra recevoir l'approbation de votre bienfaiteur. Lors de leurs révélations, vos découvertes ne porteront pas votre nom. Vous ne pourrez vous contenter que de la satisfaction personnelle d'avoir participé à l'avancée de l'humanité. Ainsi que d'un chèque conséquent à chaque fin de mois.

Pendant qu'il récitait un règlement intérieur sans concession, l'homme avait ouvert le dossier qu'il avait à la main, pour montrer à Hubert quelques pages avec des photographies très réussies sur lesquelles, il se voyait chez lui, au restaurant avec Céline, sa petite amie, ou au club de squach. Il resta un instant bouche bée, imaginant un canular.

— C'est une blague ou quoi ?

— Ce n'est pas le genre de la maison monsieur, croyez-moi.

— Pourquoi est-ce que vous me montrez ça ? Si vous voulez me faire chanter, c'est raté, je n'ai rien à cacher, ou alors, vous pensez que je vous appartiens, c'est ça ?

— Ne voyez pas les choses sous cet angle. Dites-vous que la personne qui va dépenser énormément d'argent pour vous souhaite avoir toutes les garanties que c'est un bon investissement. Il s'est assuré que son capital est bien placé. Cette personne considère qu'un environnement stable est la base de la réussite d'un homme. Il garantit que tout son potentiel est uniquement axé sur son travail et n'est pas parasité par des détails.

— Et c'est censé me mettre en confiance, sans doute ?

— Exactement. Vous n'avez qu'à voir cela comme un maigre sacrifice pour tous les bienfaits qui vous attendent. Il faut savoir donner un peu pour recevoir beaucoup.

— Admettons. Comment ça se passe ?

— Un laboratoire est déjà construit et partiellement aménagé. Vous pourrez y apporter les ajouts et modifications que vous jugez utiles sur simple demande motivée. Voici un contrat à votre nom. La rémunération est en page sept. Je suis surpris que vous n'ayez pas posé la question, mais cela confirme ce qu'on dit de vous. Je vous contacterai dans une semaine pour avoir votre réponse.

Les deux premiers mois furent consacrés à l'équipement du labo. Il n'avait qu'à écrire une lettre au père Noël et dans un délai improbable, il recevait ses colis, quel que soit le prix ou la rareté du matériel demandé. Il ne rendait de comptes qu'à l'homme qui l'avait recruté. Une fois par semaine, celui-ci venait voir l'état d'avancement, prenait note des besoins et vérifiait le bon emploi des installations. Il repartait avec les comptes-rendus et il lui arrivait de revenir avec une directive du professeur X, comme l'appelait Hubert, pour interdire une voie d'étude ou en favoriser une autre. Parfois, il recevait des questions spécifiques sur des aspects précis à développer. Ce qui lui faisait penser que derrière tout cela, il y avait des hommes qui suivaient de très près ses recherches.

Quatre ans plus tard, Hubert vivait jour et nuit pour son projet. Ses travaux avaient pris un essor inespéré. Il différait toujours le reste de ses obligations, et se sentait pressé par le temps. Comme quand on a des mots sur le bout de la langue qu'on n'arrive pas à formuler. On ne doit surtout pas cesser ce qu'on fait de peur qu'ils s'envolent. Pourtant, ses conditions de travail n'avaient pas changé. Il ne se sentait ni esclave de son mécène ni oppressé ou lié à une obligation de résultats rapides. Au contraire, il recevait régulièrement les encouragements de celui qu'il n'avait jamais vu, par l'intermédiaire de son seul contact. Celui-ci l'incitait même parfois discrètement à prendre tous ses congés. Sa relation avec Céline avait aussi pris une tournure inattendue pour lui qui se focalisait sur son travail dont il parlait peu, mais qu'il assurait être de première importance. Elle lui avait expliqué, un soir où il était rentré à vingt et une heures, comme souvent, qu'elle ne voyait pas où était sa place dans cette vie et qu'elle désirait un peu plus d'interactions avec l'homme qui était censé partager sa vie. Elle était partie le soir même. Ils n'étaient pas fâchés. Il aurait fallu pour cela qu'ils ne soient pas devenus des étrangers.

Depuis le début, X avait orienté les études de manière de plus en plus précise et ne souffrait aucune discussion. Après une série de travaux d'ordre général, son contact, toujours le même homme depuis son recrutement, lui avait signifié officiellement les grands axes de ses prochaines recherches qui traduisaient la vision de leur employeur : concevoir une forme de vie qui pourrait évoluer de façon pérenne en milieu chaud, sec et atmosphère saturée de CO_2, et déterminer quelles seraient les caractéristiques génétiques de ces êtres. Ce comportement irritait Hubert qui avait petit à petit commencé à remettre en doute les compétences de son mécène. En quelques mois, il rendit un mémoire sur les caractéristiques nécessaires à la vie de tels organismes. Plus tard, il dut imaginer comment obtenir ces caractéristiques à partir d'un matériel génétique existant. Pour cela, il dut rapprocher les êtres chimériques aux particularités inhabituelles qu'il avait imaginés de ceux qui vivaient déjà. La quatrième année, il ne s'agissait plus d'inventer une espèce spécifique de manière théorique, mais d'en rendre une bien vivante, compatible à ces nouvelles caractéristiques. Hubert avait laissé libre cours à son imagination et à sa créativité. Il travailla d'abord sur des bactéries, puis des espèces particulières de vers pour aboutir à des hypothèses qui auraient révulsé ses anciens collègues.

Insidieusement, sans rupture brutale de déontologie, l'Homme était passé au centre de ses recherches. Il essayait de trouver des raisons qui justifiaient ces études et cet investissement colossal. Il imaginait une sorte de prospection sur la conquête spatiale et l'acclimatation de l'Homme à une nouvelle planète. Pourtant il avait éthiquement du mal à franchir ce pas du génie génétique, comme il avait franchi les autres. Il ne comprenait pas ce qui se cachait derrière tout cela et ces quatre années ne lui avaient pas permis de découvrir qui tirait les ficelles.

Cette dernière directive eut l'effet de lever les œillères qui l'aveuglaient. Il se mit à réfléchir sur le but de tout cela. Il évoluait dans un univers totalement sous surveillance, où l'excès de prudence était la règle. Le bâtiment dans lequel se trouvait son labo et ceux autour ne portaient aucune marque distinctive. Les véhicules étaient noirs et impersonnels. Les multiples postes de contrôles d'identités, les fouilles, les capteurs dans toutes les pièces et le personnel en armes étaient autant d'indices qui auraient dû le mettre en garde et qu'il avait mis sur le compte de la protection contre l'espionnage industriel et scientifique. De l'extérieur, jusqu'à son bureau, aucun élément ne permettait d'identifier chez qui il se trouvait. Lorsqu'il rencontrait des personnes à l'extérieur, on ne manquait pas de lui rappeler le concept de silence absolu qu'il devait observer concernant son activité professionnelle.

Un jour, une anomalie dans le protocole fut la faille qu'il attendait. Un bulletin de livraison resté dans le carton d'un microscope high-tech était adressé à Cigi-Corp. C'était le bout du fil qu'il s'efforça de remonter. Les recherches étaient très simples, au début. Quelques clics suffirent à lui apprendre que l'entreprise était incontournable dans différents secteurs : la chimie, l'espace et les télécommunications. Cigi-Corp avait lancé six satellites en dix ans. Rien qui l'étonna pour une compagnie avec de tels moyens. Rien non plus qui collait avec le climat professionnel dans lequel il évoluait. Ses recherches internet n'allèrent pas beaucoup plus loin. Le nom de Cigi-Corp se perdait systématiquement après un ou deux articles. Hubert ne trouva aucun nom associé à cette firme, aucun bilan financier, aucune source de rentrée d'argent. Cette entreprise dépensait beaucoup, mais semblait ne rien gagner.

Le lendemain, Hubert se présenta comme tous les jours à la porte du bâtiment, il posa son badge face à un premier lecteur puis passa devant le poste de garde. Ce jour-là, le sas ne s'ouvrit pas pour le laisser entrer. Au lieu de cela, deux hommes portant des tenues paramilitaires noires et une arme de poing à la ceinture entre autres équipements sortirent de la salle de garde et se dirigèrent dans sa direction. Le plus grand s'adressa à lui d'un ton sec.

— Monsieur Gransky, veuillez nous suivre s'il vous plaît.

— Pourquoi, je vous prie ?

— Ce ne sera pas long.

Hubert tenta de jouer l'immobilisme pour toute protestation, mais un soudain élan, venu de derrière lui, l'incita à suivre le premier vigile qui ouvrait la marche dans un couloir qu'Hubert n'avait jamais emprunté.

— OK, OK, poussez pas, enfin. Qu'est-ce que vous me voulez ?

Le premier gardien s'arrêta devant une porte qu'il ouvrit.

— Gardez vos questions, c'est à eux que vous devez répondre.

L'homme dans son dos le poussa à nouveau pour le faire entrer dans une petite pièce. La porte se referma et il entendit la serrure tourner. Il était seul à l'intérieur. Une table et quatre chaises occupaient l'espace. Il appela, mais ne reçut aucune réponse. Les murs étaient nus, impersonnels à l'image de toute l'entreprise si on pouvait l'appeler ainsi. Il attendit. Longtemps. Puis le verrou de la porte tourna à nouveau. Un homme habillé d'un costume noir entra, suivi d'un second qu'il connaissait comme son recruteur et son contact habituel. Hubert qui avait fini par s'asseoir se releva d'un bond.

— Enfin ! Vous allez me dire ce que je fais ici ? C'est quoi ces méthodes ?

— Monsieur Gransky, vous êtes là, car vous avez enfreint le règlement, annonça celui qu'il ne connaissait pas.

— Le règlement ? Quel règlement exactement ? J'ai oublié de badger en sortant ? J'ai jeté un papier dans la mauvaise poubelle ? C'est quoi le problème ?

Le visage connu prit la parole du même ton calme et rassurant qu'il lui connaissait.

— Monsieur Gransky, notre employeur commun protège ses salariés, mais protège aussi ses travaux, comme je crois vous l'avoir déjà dit. C'est pour cela que je suis ici. Pour m'assurer que tout se déroule convenablement dans l'intérêt de chacun.

L'autre reprit à son tour.

— Vous avez outrepassé vos droits concernant notre société en effectuant des recherches inappropriées. Pourquoi ? N'êtes-vous pas satisfait de votre situation ?

— Des recherches inappropriées ? Qu'est-ce qu… vous vous foutez de moi ou quoi qu'est-ce que je fais là ?

— Calmez-vous et ne le prenez pas sur ce ton. Pour le moment, vous n'êtes accusé de rien d'autre qu'un geste déplacé ; une absence passagère de discernement. Hier soir, vous avez cherché des informations sur une entreprise nommée Cigi-Corp.

Il dit cela en lisant un papier qu'il déplia de sa poche, comme s'il avait besoin de le lire pour se souvenir du nom.

— Hein ? Mais… c'était… vous m'espionnez chez moi ? interrogea Hubert d'une voix qui mourrait dans la pièce en même temps qu'il fronçait les sourcils.

— Nous n'espionnons, pas. Nous nous assurons que ni vous ni nous ne courons le moindre danger à cause d'une maladresse de votre part.

— Courir un danger pour une recherche internet ? Mais vous n'êtes pas bien ?

— Répondez à nos questions. Pourquoi faire ces recherches ? D'où connaissez-vous le nom de Cigi-Corp ?

— Je sais pas moi, par curiosité ? Y a quand même pas de mal à se demander pour qui on travaille au bout de quatre ans, non ?

— Maintenant que vous savez que vous travaillez pour Cigi-Corp. Votre curiosité est-elle complètement satisfaite ? Allons-nous encore avoir des surprises avec votre comportement ?

— Ça va, j'ai compris, plus de question.

— Très bien, dans ce cas, l'incident reste un avertissement. Vous pouvez rejoindre votre bureau, les vigiles vont vous raccompagner.

Les deux hommes armés qui l'avaient amené jusqu'ici l'attendaient derrière la porte. Ils le raccompagnèrent, l'escortèrent serait plus exact, devant le sas qui s'ouvrit dès que son badge fut de nouveau validé. Hubert n'en revenait pas. Il avait finalement appris beaucoup sur l'entreprise pour laquelle il travaillait, mais pas de la manière dont il l'espérait. Ce qui était sûr c'est que ces gars ne rigolaient pas. Ils lui avaient fichu une vraie trouille. Pire, Hubert avait pris conscience qu'il n'avait pas plus d'intimité chez lui qu'au travail. Il se rappela sa première rencontre avec son recruteur et le dossier avec les photos de lui. Il se dit que même en dehors de chez lui il devait être surveillé. Il fut d'abord terrifié et se sentit oppressé par cette présence qu'il ne voyait pas, mais qu'il savait proche de lui à chaque instant. Une présence qui n'avait rien de rassurant. Contrairement à ce qu'on avait voulu lui faire croire, il n'avait pas l'impression que c'était pour sa propre protection. Il passa la journée à tourner en rond, incapable de se concentrer efficacement. Les jours suivants furent à peine plus productifs. Cette petite séance de mise au point l'avait impressionné, mais elle avait eu un effet contraire à celui recherché. Hubert était maintenant décidé à redevenir maître de sa vie et à en connaître toutes les composantes. Il se demandait si une démission était envisageable dans ces circonstances. Il avait la certitude que derrière ses études se cachaient probablement, non, à coup sûr, quelque chose de très contestable, si ce n'est illégal. Cette dernière possibilité impliquait qu'il n'avait pas eu toute la démonstration de ce dont son employeur était capable et que la notion de danger évoquée était bien présente autour de lui.

Il devait reprendre son investigation. Cela lui paraissait une évidence, mais discrètement. Aussi discrètement que si sa vie en dépendait. Il ne pouvait plus utiliser internet depuis chez lui pour autre chose que sa commande au drive du supermarché. Pas mieux pour son smartphone. Il décida de recommencer à sortir un peu. Il devra rencontrer des personnes à l'extérieur pour l'aider et cela paraîtra moins suspect si dans un premier temps ils se rendent compte qu'il sort seul. Rapidement, un nom lui vient à l'esprit. Céline était peut-être la clé. Il devait essayer.

Il prépara son plan avec patience et sortit de temps en temps. Au cinéma ou boire un verre dans un bar. Parfois, il avait une conversation banale avec des inconnus. Il affichait sa resocialisation. Au bout de deux semaines, il appela Céline. Il misait beaucoup sur elle. Finalement, elle restait la seule personne en qui il pouvait espérer avoir confiance. Il n'eut pas besoin de la supplier. À son étonnement, elle accepta un rendez-vous dans un café en fin de journée. Il choisit une table et s'assit dos à la vitre. Il avait vu des reportages sur des fouineurs qui lisaient sur les lèvres pour obtenir des informations à l'insu de leurs victimes. Il était content de la revoir. Beaucoup plus qu'il ne l'aurait cru. Si bien que la conversation s'orienta automatiquement sur sa vie à elle, puisqu'elle ne prit pas la peine de demander de nouvelles de celle d'Hubert qu'elle savait hyper verrouillée. Il finit par lui parler de sa situation. Contre toute attente, cela eut l'air de la rassurer, plus que de lui faire peur. La peur, elle l'avait déjà eu. Maintenant, elle se rendait compte qu'il se posait des questions et remettait en cause sa participation à une organisation aux méthodes douteuses. De son point de vue à elle, c'était bon signe. Hubert exposa sa situation et ce qu'il attendait d'elle. Elle accepta de jouer le jeu en respectant les règles qu'il fixait. Elle ne devait pas faire les recherches de chez elle, au cas où elle serait surveillée après cette entrevue. Il la rappellerait dans quelques jours, pour lui donner un nouveau rendez-vous.

Hubert reprit son travail avec application. Il s'efforçait de ne montrer aucun changement dans son attitude. En fin de semaine, il livra le compte-rendu hebdomadaire à son contact. Il précisa de lui-même qu'il avait eu du retard suite au bouleversement qu'il avait ressenti après le sketch qu'ils lui avaient joué. Il exagéra volontairement pour se présenter en position de faiblesse et aussi pour savoir ce que l'autre en dirait. Il reçut un regard appuyé et un simple : « ce n'est pas grave, tout le monde a droit à un petit coup de mou. Je sais que vous allez rattraper cela ». Il attendit une semaine avant de recontacter Céline. Au téléphone, elle sembla impatiente de le revoir. Une partie de lui avait espéré que c'était pour lui-même, mais le ton de sa voix traduisait une autre sorte d'excitation. Elle devait avoir des éléments nouveaux à lui communiquer.

Ils s'étaient donné rendez-vous dans le même bar. Il ne fallait pas donner l'impression qu'ils se cachaient. Il était arrivé en avance, et s'était assis dos à la fenêtre, comme la première fois. Quand il la vit entrer, il remarqua sa démarche décidée. Il aurait aimé qu'elle soit aussi pressée de le rejoindre sans cette affaire qui les avait à nouveau réunis. Elle s'assit en face de lui. Ils commandèrent chacun un café.

— J'ai les informations que tu cherchais. Un sacré paquet d'informations.

— Merci beaucoup. Tu as été prudente ? Personne ne t'a posé de question suspecte ?

— Ne t'en fais pas pour ça, j'ai même demandé à une autre personne de faire la plupart des recherches pour moi.

Hubert écarquilla les yeux. Impliquer un étranger ne faisait pas partie de son plan. Devant cette objection silencieuse, Céline opposa une main face à lui.

— Ne t'inquiète pas, il est fiable. Fouiller dans ce genre de truc c'est son passe-temps favori. Si tu savais le nombre d'histoires impossibles qu'il a déjà découvertes. Des manipulations frauduleuses, des malversations, des prises d'intérêts illégales, et un tas de choses de ce style. Pour ton histoire, même lui a eu l'air surpris. Il n'avait jamais entendu parler des agissements de ce groupe d'entreprises. Trouver ce qui les reliait n'a pas été une mince affaire, d'après ce qu'il m'a dit.

— Ha ! Tant que ça ? J'avais raison alors ?

— Plus que tu le crois. Il m'a aussi dit que tu devrais te méfier. Sérieusement. En fait, il a même suggéré que tu disparaisses très vite.

Elle baissa les yeux. Hubert entendit un frottement. Il glissa sa main sous la table et rencontra la sienne, chaude et douce, qui plaquait une grosse enveloppe sous le plateau. Il la récupéra et la glissa sous son pull, maintenue par sa ceinture. L'enveloppe était plus épaisse qu'il s'y attendait. Ils parlèrent à mots plus ou moins couverts de ce qu'ils avaient trouvé. Céline avait lu attentivement chaque page du dossier que son ami lui avait confié. Ils évoquèrent aussi l'après tout ça. Céline lui avait dit qu'il ne pourrait pas continuer, que quand il saurait, il se dégoûterait, que cela ne lui ressemblait pas et qu'il voudrait partir. Hubert imaginait de nouveau démissionner. Il se demanda comment cela se passerait s'il décidait de quitter Cigi-Corp. Il se voyait disparaître dans la dalle de béton d'un parking ou mangé par un troupeau de cochons comme dans le silence des agneaux. Hubert ne tenait plus sur place. Il dit à Céline qu'il devait rentrer pour lire ce qu'elle lui avait confié. Ils burent leurs cafés auxquels ils n'avaient pas touché jusque là et se quittèrent.

Il entra chez lui et posa le dossier sur la table basse du salon. Il était lourd. Il hésitait à l'ouvrir. Pour le moment, tout ce qu'il avait c'était des doutes. Il pouvait vivre avec des doutes, mais avec des certitudes ? L'ami fouineur avait fait un sacré boulot. Il fit tout un tas de choses pour passer le temps, une douche, la vaisselle qui attendait, regarder une émission de télé sans la voir vraiment et quand le soleil déclina, il baissa ses volets et se jeta sur l'enveloppe.

Cigi-Corp avait subventionné des industries très différentes. La firme était liée par des montages financiers savants à d'autres entreprises complètement opaques. L'enquête contenait des communiqués sur des études climatiques avec des projections avant-gardistes. Chacun mentionnait Cigi-Corp. Encore une fois, sans rapport évident avec la biologie fondamentale. En poussant plus loin sa lecture, le seul lien qui se dessinait était tissé des critiques incessantes sur l'impact massif du consortium sur le climat. D'après le site de Médiapart, certaines des entreprises, dont Cigi-Corp, n'aboutissaient à aucun produit fini commercialisable. Leur unique valeur ajoutée apparente était une grande concentration de gaz à effets de serre dans certaines régions. Hubert releva la tête pour se laisser le temps d'absorber ces nouvelles informations. Son cœur battait dans sa poitrine. Pendant quatre ans, il ne s'était jamais inquiété, comme s'il ne pouvait y avoir de revers à la superbe médaille qu'il avait décroché avec ce contrat. Pourtant, la conclusion lui sautait maintenant aux yeux. Cigi-Corp travaillait activement à une seule chose : le réchauffement climatique. Pendant quatre ans, Hubert lui avait donné les clés pour rendre l'espèce humaine compatible avec ce cataclysme annoncé. X serait bientôt capable de décider qui ferait ou ne ferait pas partie de l'humanité 2.0, optimisée selon ses désirs, pour survivre aux changements brutaux qu'il préparait. Sans doute avait-il déjà imaginé pour lui-même la possibilité d'observer un clair de terre rouge brûlant, d'une autre planète ou d'une station orbitale cinq étoiles.

La prise de conscience fut violente. Elle était accompagnée d'une sensation d'oppression. Plus il respirait et plus il manquait d'air. Sa tête tournait ; il avait le vertige. Des idées tournoyaient dans son esprit en un cyclone dévastateur. Il pensait œuvrer à une grande cause, et de fait c'était le cas, mais de là à imaginer participer à la fin du monde… Il fut pris de haut-le-cœur et courut vers les toilettes.

Hubert entra plus vite en rébellion qu'il entra au service de ces criminels. Il s'inspira de films sur des prisonniers pour sortir des clés USB contenant des documents incriminants, pour faire tomber Cigi-Corp. Seul, il ne savait pas par où commencer pour diffuser ces renseignements ni leur donner l'impact nécessaire. Le plus compliqué fut d'entrer en contact avec des gens susceptibles de croire à son histoire et capables de s'en servir. Le contact de Céline était plein de ressources et avait déjà un réseau de détracteurs, qui se nomment plutôt « lanceurs d'alertes ». Ils savaient appuyer là où cela faisait mal quand ils avaient une cible. Ils savaient aussi comment se cacher dans l'anonymat du darknet. Ce genre de personne peut exploiter et diffuser les bons renseignements aux interlocuteurs intéressés, pour faire s'écrouler un empire industriel par le pouvoir de l'information.

Il en rencontra certains, la nuit. Il sortait de chez lui discrètement. Au début, il transpirait abondamment quand il passait devant le poste de garde le lendemain d'une de ces sorties nocturnes, puis il apprit à gérer ce nouveau type de stress.

Une fois les graines du soupçon et de la contestation semées, l'effet boule de neige eut lieu, avec plus d'ampleur que prévu. Un collectif écologique s'était emparé de l'affaire et avait porté plainte pour destruction volontaire de l'environnement et empoisonnement délibéré de la population. Des avocats, attirés par l'odeur des pourcentages des compensations financières, avaient gratté un peu plus loin que nécessaire et avaient mis en cause tout un conglomérat d'entreprises. Une aide inattendue vint de la Chine trop contente de se débarrasser d'un concurrent sur le secteur des télécommunications et de la collecte de données. Entre-temps, Hubert fut pris en main par une organisation coutumière de ces pratiques. Dès qu'il eut assez de matière, on lui conseilla de ne plus retourner chez Cigi-Corp, son appartement fut déménagé dans un lieu appartenant à un prête-nom. Quand la firme commença à vaciller, elle ne mit pas longtemps à s'écrouler complètement. Une fois la bête à terre, chacun y allait de sa pique, pour l'achever. L'affaire fit les choux gras des journaux pendant des mois. C'est le temps que prit le démantèlement de cet empire, accouchant régulièrement d'annon-ces toutes plus fantastiques et incroyables les unes que les autres et faisant tomber tous les participants jusqu'aux agents de renseignements du gouvernement ou aux personnes chargées des « actions correctives » comme ils les appelaient. Hubert n'apparut jamais à un procès.

Si vous passez par Auradour et que vous avez l'humeur vagabonde, arrêtez-vous à la station-service sur la D103. Vous y trouverez certainement un pompiste plein d'imagination qui a toujours une bonne histoire à raconter. Il essaiera sûrement de vous convaincre que nous ne sommes pas seuls dans l'univers.

Remerciements

Merci à ma mère, à GuiB et à GuiM pour leur relecture, leurs corrections et le temps qu'ils m'ont accordé pour finaliser ce recueil.

Du même auteur

L'accident (roman - dystopie)

Fantasy et Imaginaire (Recueil de nouvelles)

Arracher les ailes des mouches (Recueil de nouvelles – SF - fantastique)

Rejoignez-moi sur instagram ou sur le site **https://chronique-fiction.fr** pour partager, les secrets de fabrication de ces nouvelles ou pour connaître les prochaines en avant première.